Chère Lectrice,

Un siècle s'achève, un autre commence... Et pourtant, autour de nous, rien ne semble annoncer l'aube de ces temps nouveaux que nous imaginions enfants. Où sont les machines extraordinaires, les aliments étranges, les vêtements futuristes que nous étions certaines de porter au tournant de ce millénaire ? Ne sommes-nous pas comme chaque année à la même période, accaparées par les préparatifs de Noël — tradition séculaire s'il en est ? Une fois encore, les vitrines se parent de leurs plus beaux atours, les rues s'illuminent à la tombée de la nuit, et le froid vif de décembre nous fait hâter le pas... Une fois encore, nous convoquons toute la maisonnée pour enrouler les guirlandes multicolores autour du sapin que nous aurons choisi avec soin... Sans oublier les cadeaux qui, comme chaque année, s'accumulent en haut des armoires tandis que les enfants nous remettent leur fameuse liste avec des airs de conspirateurs ! Le Père Noël se moquerait-il du temps qui passe ? Sans doute, puisqu'il continue, vaille que vaille, à atteler son traîneau le soir du 24 décembre — même à l'aube de l'an 2000... Puisque les traditions ne se perdent pas, donc, j'ai veillé à perpétuer celle que nous avons tissée avec vous au fil des vingt années écoulées, et c'est avec un plaisir particulier que j'ai glissé, dans la hotte de notre bel Harlequin, vos huit romans Azur du mois. Nul doute qu'ils pareront votre réveillon des mille et une couleurs de l'amour !

Bonne lecture, et joyeuses fêtes !

La Responsable de collection

Les Horoscopes Harlequin
vous donnent rendez-vous avec
l'an 2000

Qu'attendez-vous de l'an 2000 ?

Amour, travail, santé, rencontres passionnantes ou grands bouleversements, les Horoscopes Harlequin vous révèlent tout de votre année 2000 avec des **prévisions mois par mois** et ascendant par ascendant.

Nouveau

En cadeau, la méthode chinoise du **Yi King** pour répondre à toutes vos questions.

Les Horoscopes Harlequin
12 signes – 12 horoscopes

16,90 F *

*Suisse Sfr 4.80 Belgique prix suggéré 115 FB

En vente dès ce mois-ci.

Fiancé malgré lui

CHARLOTTE LAMB

Fiancé malgré lui

COLLECTION AZUR

Cet ouvrage a été publié en langue anglaise
sous le titre :
LOVESTRUCK

Traduction française de
JULIE ZÜRCHER

HARLEQUIN®
est une marque déposée du Groupe Harlequin
et Azur® est une marque déposée d'Harlequin S.A.

Toute représentation ou reproduction, par quelque procédé que ce soit, constitue-
rait une contrefaçon sanctionnée par les articles 425 et suivants du Code pénal.
© 1997, Charlotte Lamb © 1999, Traduction française Harlequin S.A.
83-85, boulevard Vincent-Auriol, 75013 Paris — Tél   01 42 16 63 63
ISBN 2-280-04672-5 — ISSN 0993-4448

1.

La foule se pressait déjà dans le hall de l'immeuble lorsque Natalie Craig franchit le seuil de la station de radio, ce matin-là.

Aussitôt, des dizaines de paires d'yeux convergèrent dans sa direction, détaillèrent sa silhouette mince, ses cheveux sombres et lustrés, disciplinés en un carré parfait, son tailleur strict et classique. Convaincus que ce manque total d'excentricité ne saurait convenir à une star ou à une célébrité du show-business, la horde de fans qui montaient le guet dans la réception la délaissa pour tourner de nouveau des yeux impatients vers la porte d'entrée.

Tous attendaient l'arrivée de leur animateur vedette, Johnny Linklater, et se consolaient de son absence en admirant son visage souriant sur les deux affiches géantes qui encadraient le bureau de la réceptionniste. Malgré ses trente-cinq ans, Johnny en paraissait dix de moins sur le papier glacé. Grand, élancé, toujours à la pointe de la mode, l'animateur le plus célèbre de la bande FM ne manquait certes pas de charme... « Ni de défauts ! », songea Natalie en se dirigeant vers les portillons automatiques qui permettaient l'accès aux étages. Mais les adolescents groupés dans le hall n'avaient aucune idée de ses travers. Pour eux, Johnny incarnait un idéal de perfection.

Le sourire aux lèvres, Natalie pénétra dans la zone

réservée au personnel de la station. Quelle aurait été la réaction de ce groupe d'dmirateurs s'ils avaient aperçu leur idole la veille au soir? Sans doute aurait-on assisté à une scène d'hystérie collective! Car Johnny, la nuit dernière, était tout simplement éblouissant. Avec son pantalon moulant de cuir noir, sa chemise de soie pourpre ouverte sur le torse, il avait tout d'une star hollywoodienne. D'ailleurs, une foule considérable de jeunes femmes — des Lolita aux moues boudeuses ou de superbes beautés ténébreuses — n'avait cessé de l'entourer toute la nuit. Il exerçait, à n'en pas douter, une fascination profonde sur la gent féminine. Pourtant, les rares invités qui connaissaient Johnny savaient parfaitement pour quelle raison il avait soigné son image, ce soir-là. Il ne s'agissait pas, pour lui, de séduire ses admiratrices, mais d'oublier que cette réception somptueuse était destinée à fêter son anniversaire. Or Johnny détestait les anniversaires. Du moins, les siens. L'idée de vieillir lui faisait horreur. Aussi avait-il tenu à braver l'outrage des ans en se montrant sous son meilleur jour.

C'était son point vulnérable, sa souffrance secrète. Et le seul défaut qui le rendait véritablement humain. Johnny se montrait parfois irritant au plus haut point, mais Natalie connaissait son secret et lui pardonnait tout le reste.

— Bonjour, Susie! clama-t-elle à l'intention de la réceptionniste. Quelle belle journée!

Susie, une séduisante blonde d'une vingtaine d'années, lui adressa un grand sourire. Dans ses yeux noisette se lisait une pointe d'incrédulité et d'émerveillement, comme si elle s'étonnait encore de la chance qu'elle avait de travailler pour une des radios les plus célèbres de la région. Natalie se rappelait bien cette impression. Elle-même avait vécu sur un petit nuage après avoir décroché son emploi. Mais en trois ans, elle avait bien changé. N'avait-elle pas compris que les stars possédaient leurs imperfections, comme tous les êtres humains, et que derrière la façade dorée se jouaient parfois bien des drames ?

Susie jeta un coup d'œil sur sa montre, et la surprise se lut sur ses traits.

— Quoi ! Il est 9 heures moins le quart ?

— Eh oui, je suis en retard, rétorqua Natalie, amusée par sa réaction.

Certes, elle arrivait toujours la première au bureau : elle franchissait le portillon à 8 h 30 pile, tous les jours, qu'il pleuve ou qu'il vente ! Mais aujourd'hui elle pouvait bien se permettre un retard d'un quart d'heure. Personne n'était parfait, après tout.

Susie la fixa d'un air songeur, puis, visiblement parvenue à la conclusion qui s'imposait, demanda d'un ton empreint d'envie :

— Alors ? La soirée s'est bien passée ?

— Oui, je me suis bien amusée.

— Et... Johnny ? Tu as... dansé avec lui ? poursuivit la jeune femme, les yeux brillants d'excitation.

Trop tard. Natalie s'était déjà engouffrée dans l'un des ascenseurs en étouffant un rire espiègle. Inutile de se mortifier pour la façon désinvolte dont elle venait d'esquiver la question de Susie... La curiosité de la réceptionniste serait bientôt satisfaite et, d'ici à une heure ou deux, la nouvelle aurait fait le tour de la station. Car non seulement les rumeurs se propageaient vite, mais une grande partie du personnel de la radio était invité hier soir à la fête. Johnny avait convié tous ceux qui participaient à la réalisation de son émission quotidienne, du personnel de production jusqu'aux jeunes stagiaires dont la seule et unique tâche consistait à apporter le café entre deux prises de son. Parmi les invités d'honneur figurait évidemment le tandem de l'équipe de direction : Sam Erskine, directeur de la station, et Natalie, son assistante.

Les conversations seraient très animées ce matin, mais Natalie n'avait nullement l'intention d'alimenter les rumeurs. De la discrétion avant tout, tel était le maître mot de sa conduite. Le poste qu'elle occupait l'amenait à détenir un certain nombre d'informations capitales, mais jamais elle ne commettait la moindre infraction au secret professionnel. De plus, elle détestait les on-dit...

Les bureaux de la direction se trouvaient au dernier étage, où de larges baies vitrées offraient une vue magnifique sur la station balnéaire et les flots couleur d'émeraude, qui scintillaient jusqu'à l'horizon. D'ordinaire, le brouhaha des conversations téléphoniques, des fax, des ordinateurs, des allées et venues précipitées, dominait ces lieux où régnait une activité fébrile. Mais aujourd'hui un étrange silence planait entre ces murs. Rien d'étonnant... Tout le monde était invité à l'anniversaire, hier soir. A l'heure qu'il était, les collaborateurs de Sam et de Natalie essayaient sans doute d'ouvrir un œil pour commencer une journée de travail qui s'annonçait difficile.

Natalie pénétra dans son bureau, adjacent à celui de Sam. Son supérieur hiérarchique n'était pas là, constata-t-elle en entrouvrant la porte commune aux deux pièces. Cette absence ne la surprit nullement. D'ordinaire, Sam se trouvait toujours là quand elle arrivait au bureau, à 8 h 30 précises. Venait-il à l'aube ? Peut-être... mais elle n'avait jamais été présente à une heure si matinale pour vérifier ses horaires. En revanche, elle était certaine qu'il travaillait douze heures d'affilée, cinq jours par semaine, quand ce n'était pas six, puisqu'il trouvait tout naturel que son assistante en fît autant.

Ce matin demeurerait donc comme un jour à marquer dans les annales. Sam serait en retard, pas de doute ! Migraine lancinante, bouche pâteuse, nausées... L'éminent directeur de la radio devait se trouver dans un état second et présenter tous les symptômes d'un lendemain de cuite. « Bien fait pour lui ! », songea-t-elle, peu encline à éprouver la moindre compassion pour les misères de son cher collaborateur.

Comme chaque matin, elle prit place à son bureau, alluma son ordinateur, puis considéra la pile de courrier qui l'attendait déjà. Elle ouvrit les enveloppes, parcourut les lettres et les classa selon leur contenu et leur urgence. A peine cinq minutes plus tard, le téléphone sonna. Ce fut le premier d'une longue série d'appels. Elle percevait aussi dans son dos, à intervalles réguliers, le bruit familier du fax. La routine reprenait ses droits.

Tous les appels concernaient Sam. D'une voix parfaitement naturelle, Natalie déclarait que son supérieur n'était pas disponible pour l'instant, notait les messages, répondait aux questions, vérifiait des renseignements dans ses dossiers. L'image même de la secrétaire aimable et efficace, comme à son habitude. A aucun moment, elle ne révéla la vérité sur l'étrange absence de Sam. Il exigeait d'elle la plus grande réserve et serait furieux si jamais elle dérogeait à ce principe aujourd'hui.

Déjà 10 heures... Le téléphone sonna pour la énième fois, et Natalie décrocha le combiné avec un soupir. Surtout ne pas montrer sa lassitude... Elle s'apprêtait à parler avec enjouement et politesse quand le timbre aigu d'une voix féminine résonna à son oreille.

— Dis-moi, Natalie, c'est vrai ?

La jeune femme reconnut aussitôt son interlocutrice. Manifestement, Gaynor, une amie du service publicité, qui n'avait pas assisté à la soirée de Johnny, parvenait mal à dissimuler sa curiosité.

— Comment ? Mais de quoi parles-tu ? répliqua Natalie, sans se départir de son calme.

Un sourire flottait sur ses lèvres. Par chance, Gaynor ne pouvait pas la voir.

— Nat, ne joue pas les innocentes avec moi ! Tu sais parfaitement de quoi je parle. La soirée d'hier... Je viens juste de croiser l'imprésario de Johnny. Alors, comme ça, Sam...

Un bruit de pas rapides retentit dans le corridor, et

Natalie saisit cette occasion inespérée pour écourter la conversation.

— Excuse-moi, j'ai de la visite, chuchota-t-elle. Je ne peux pas te parler. A plus tard.

Comme elle déposait le combiné, la porte s'ouvrit sur un homme qui se précipita dans la pièce tel un bolide.

— Où est Sam ? s'écria-t-il.

— Il n'est pas dans son bureau pour l'instant, James.

— Tiens, tiens... Aurait-il du mal à émerger ce matin ?

Natalie haussa les épaules, impassible. Comment avait-elle pu oublier que James Moor se trouvait parmi les invités, hier ? Pourtant, avec ses cheveux roux, ses yeux noisette emplis de malice, son énergie inépuisable et son éternelle bonne humeur, le producteur d'une des principales émissions de la station ne passait pas inaperçu. Hier, ses rocks endiablés avaient tourné la tête à bien des jeunes femmes.

James dévisagea Natalie d'un air mutin, puis déclara avec un rire :

— Pauvre Sam ! Tu crois qu'il garde des souvenirs précis de ce qui s'est passé hier ? Bon, dis-lui de m'appeler dès qu'il aura reparu.

A peine avait-il tourné les talons que le téléphone sonna. Natalie jeta un coup d'œil rapide à sa montre. 10 heures largement passées, et Sam était toujours absent. Viendrait-il travailler aujourd'hui ? Ou demeurerait-il tapi sous sa couette, à chercher désespérément une solution à sa situation pour le moins épineuse ?

— Secrétariat de M. Erskine, déclara Natalie d'un ton posé.

La voix aiguë qui grésilla dans l'écouteur ne lui était pas inconnue.

— Passez-le-moi ! s'écria cette voix. C'est urgent, j'exige de lui parler immédiatement.

« Oh, je n'en doute pas... », songea Natalie qui devinait parfaitement les raisons de cet empressement.

— Désolée, il n'est pas dans son bureau pour l'instant, énonça-t-elle comme elle l'avait fait toute la matinée. Voulez-vous lui laisser un message?

A l'autre bout du fil, la voix grimpa de plusieurs tons dans les aigus.

— Il refuse de me parler?

— Puis-je savoir qui le demande? susurra Natalie sans se départir de sa politesse.

Un demi-sourire joua sur ses lèvres. Elle imaginait sans peine l'expression rageuse de la furie qui hurlait dans l'écouteur. Superbe créature aux cheveux de feu, dotée d'un caractère aussi impétueux que le roux de sa chevelure, Helen West se prétendait chanteuse de variétés. Sa carrière n'avait guère progressé depuis son premier *single*, mais elle se comportait comme une véritable star, et attendait des autres qu'ils se prosternent à ses pieds, ni plus ni moins.

— Vous savez très bien qui je suis! protesta-t-elle. Et je ne suis pas dupe, il vous a demandé de filtrer les appels! Mais il ne s'en tirera pas comme ça! Je vous préviens, il va payer pour le coup qu'il m'a fait — et vous aussi, vous allez payer!

Son sourire figé sur les lèvres, Natalie écouta quelques secondes la tonalité de la ligne téléphonique qui résonnait au bout du fil. Puis elle reposa le combiné. Ouf! La tigresse avait raccroché. Il était 10 h 40, et le responsable de ce beau désordre n'avait toujours pas daigné paraître. Où pouvait-il bien se cacher? S'était-il précipité dans le premier avion en partance pour le bout du monde?

Elle réfléchit un instant, puis dut se rendre à l'évidence. Sur un point au moins, Helen West ne se trompait pas. Sam Erskine cherchait à éviter quelqu'un. Helen, sans doute... mais aussi Natalie elle-même!

Une réaction compréhensible, après ce qui s'était passé hier soir.

Elle consulta cependant le carnet de rendez-vous de son patron avec une certaine anxiété. Sam devait rencontrer des personnalités extrêmement importantes aujourd'hui. Il n'allait tout de même pas leur faire faux bond — lui, un bourreau de travail ?

Impossible... Il finirait bien par arriver à un moment ou un autre, elle le savait.

Ce qu'elle ignorait, en revanche, c'est la manière dont il se comporterait dans cette situation délicate !

Avec un grognement, Sam Erskine ouvrit un œil ensommeillé qu'il referma aussitôt, ébloui par la lumière qui filtrait derrière les persiennes. Il porta les deux mains à son front et roula sur le dos. Une migraine lancinante lui martelait les tempes, et ses paupières étaient très, très lourdes. Un profond soupir lui échappa. Hébété de fatigue, il demeura immobile, étendu de tout son long.

Il lui fallut quelques bonnes secondes pour s'apercevoir qu'un détail de la réalité extérieure lui avait échappé. Avec prudence, cette fois, pour éviter la lumière trop crue, il ouvrit de nouveau son œil ensommeillé, observa le cadran de son réveil et tressaillit. 10 heures et demie ! Bon sang ! Que faisait-il encore au lit ? Même les dimanches, il était levé depuis longtemps, à une heure si tardive ! Un doute le gagna. Serait-on dimanche ? Non, pourtant. Il se souvenait vaguement d'avoir enclenché l'alarme du réveil, hier soir, mais de deux choses l'une : soit sa mémoire lui jouait des tours, soit... il n'avait pas entendu le réveil.

Il ouvrit l'autre œil, et put constater que l'alarme était programmée pour sonner à 6 heures. D'un bond, il se redressa dans le lit — ce qui amplifia douloureusement son mal de crâne. Peu à peu, sa mémoire se remit à fonctionner. Alors il se souvint. L'anniversaire de Johnny.

Tout s'expliquait. Par chance, Johnny ne fêtait son

anniversaire qu'une fois par an... Sans quoi le personnel de la radio aurait vite fait de sombrer dans l'alcoolisme et la débauche !

Repoussant sa couette, il parvint tant bien que mal à déplacer ses longues jambes vers le côté du lit. Puis il se leva, la main sur ses yeux éblouis. Il avait envie de pester contre le monde entier. Tout d'abord, pourquoi fallait-il que le soleil brille ce matin ? Pourquoi n'était-ce pas l'une de ces journées grises et pluvieuses comme il y en avait tant dans l'année ?

Il traversa la chambre, entièrement nu. Il ne portait jamais de pyjama, pour la bonne raison qu'il lavait et repassait son linge lui-même. Afin de ne pas alourdir cette tâche fastidieuse, Sam avait supprimé de sa garde-robe tous les vêtements superflus. La femme de ménage qui venait une fois par semaine nettoyait son appartement, mais ne se chargeait pas de son linge. Aussi avait-il adopté de bonnes habitudes. Tous les samedis, il fourrait son linge sale dans la machine, et consacrait ses dimanches soir au repassage. Saine occupation. Ennuyeuse à souhait, mais d'un effet bénéfique sur les nerfs. Il profitait du fait que ses mains étaient occupées pour écouter les stations de radio rivales, leur chiper des idées ou, au contraire, préparer des critiques sarcastiques sur les bévues des concurrents !

Une fois levé, il se dirigea droit vers la salle de bains, impatient de ressentir les bienfaits d'une bonne douche froide, mais il s'immobilisa quand, au passage, il capta son reflet dans la glace. Etrange... Une drôle d'expression se lisait sur ses traits. Presque de l'inquiétude. A vrai dire, un vague embarras flottait dans son esprit, comme s'il se sentait coupable...

Coupable ? Mais de quoi ? Il n'en avait pas la moindre idée. Que s'était-il passé, hier soir ? Un accident de voiture ? Une bagarre ? Perplexe, Sam se glissa sous la douche. Le flot d'eau fraîche qui se déversa sur ses larges épaules fit courir un frisson désagréable sur sa peau mate. Il réprima l'envie de tourner le bouton d'eau chaude. Cette eau glacée aurait au moins le mérite de lui remettre les idées en place ! Revigoré, il se savonna et se rinça rapidement, puis se sécha dans une immense serviette, inspectant son visage et son corps dans le miroir. Aucun bleu suspect, aucune trace de coup. S'il s'agissait d'une bagarre, il n'avait pas été blessé.

Pourtant, il s'était produit quelque chose. Il en avait la certitude. Dès son réveil, une ombre avait plané dans ses pensées. Pourquoi diable sa mémoire lui jouait-elle des tours ?

Tout en revêtant une chemise blanche à fines rayures rouges, puis un costume gris foncé, Sam se concentra sur cette question. Il s'approcha du miroir pour nouer sa cravate, son attention absorbée par les souvenirs qu'il s'efforçait de rassembler. Hier soir...

Un taxi était venu le chercher et s'était arrêté en chemin chez Helen. Le fourreau de satin noir qu'elle portait pour l'occasion dévoilait la peau claire de ses épaules, de ses bras, la naissance de ses seins, et une partie non négligeable de ses longues jambes. Le contraste entre le roux flamboyant de sa chevelure, le blanc laiteux de son corps et le noir de sa robe formait un résultat particulièrement séduisant et Johnny n'avait pu réprimer un cri d'admiration dès qu'il l'avait aperçue :

— Waaouh ! Viens m'embrasser, toi, la créature de mes rêves ! Tu es divinement sexy, ce soir !

Il l'avait aussitôt entraînée sur la piste de danse, sous les yeux jaloux des femmes de l'assistance. Comme toujours, Johnny arborait une mine éclatante. Il adorait se trouver au centre de l'attention générale, et ne pouvait s'empêcher de céder au charme d'une jolie femme. C'était réciproque... car on ne pouvait pas dire qu'Helen ait beaucoup résisté à ses avances.

La chanteuse était d'une humeur massacrante, hier

soir. Durant le trajet, elle avait évidemment abordé leur sujet de discorde habituel, d'abord avec des moues câlines, des œillades suppliantes et des baisers bien étudiés, puis elle avait adopté un air de victime outrée, avant de laisser libre cours à sa colère. Sam soupira. Ce genre d'hostilités durait depuis des semaines. Helen désirait se marier. Lui, non.

Il avait de bonnes raisons pour refuser et avait tenté de les lui expliquer. En vain. Elle ne l'écoutait même pas. Le temps d'un trajet en taxi, et les cajoleries s'étaient muées en hurlements et glapissements divers. Elle avait bondi comme une furie hors de la voiture, et c'était avec un regard provocateur à l'intention de Sam qu'elle avait enlacé Johnny, puis s'était lovée contre lui, dans une posture pour le moins éloquente. Manifestement, la décence n'était pas le premier des soucis d'Helen West.

Sam avait parfaitement deviné son jeu. Ainsi agrippée à Johnny, elle espérait le rendre jaloux ! Pas de chance pour elle... Il n'était absolument pas du genre jaloux. Libre à elle de se coller contre Johnny toute la soirée ! Sam les avait laissés là, pour se diriger vers le bar.

« Grave erreur ! » songea-t-il en passant un coup de peigne dans ses épais cheveux noirs. Il n'aurait jamais dû commencer à boire si tôt. Ni engloutir une telle quantité d'alcool. Il buvait rarement : l'alcool ralentissait les réflexes, obscurcissait la pensée, et Sam aimait réfléchir et agir vite. De fait, la présence et la rapidité d'esprit étaient des qualités indispensables pour diriger une radio aussi importante que la sienne. En outre, s'il n'avait pas bu hier soir...

Il ne ressentirait pas cet insupportable mal de crâne aujourd'hui !

Plongé dans ses pensées, Sam ne réagit pas tout de suite quand il aperçut le reflet de sa main dans le miroir. Pendant quelques secondes, il fixa ses doigts d'un air absent. Puis il fronça les sourcils, alarmé.

Comment était-ce possible ? Sa chevalière avait disparu.

Etrange... Il n'enlevait jamais cette bague.

Aussitôt, l'angoisse lui serra la gorge. Peut-être l'avait-il perdue dans la douche ? Il se livra à une inspection rapide de la salle de bains. La chevalière n'était pas là.

Dans la chambre, son anxiété ne fit qu'augmenter tandis qu'il explorait le moindre recoin. La bague avait bel et bien disparu. Il l'avait portée hier soir, lors de la fête. C'était inévitable, puisqu'il ne se séparait jamais de ce bijou très ancien, d'une valeur inestimable. Sur l'or massif étaient finement ciselées les armoiries de sa famille. Sam était très fier d'arborer cette chevalière dont il avait hérité le jour de ses vingt et un ans. Un héritage chargé de significations...

Originaires de la région de Strathclyde, les Erskine appartenaient à la noblesse écossaise la plus ancienne. Comme leur patronyme signifiait « colline verte » en celte, les armes de la famille portaient ce motif. L'écusson représentait une colline avec, à son sommet, une épée qui rappelait le passé guerrier de leurs farouches ancêtres.

Cette bague se transmettait depuis des générations dans la famille de Sam, selon un rituel très précis. Le fils aîné la recevait de son père, à l'occasion de son vingt et unième anniversaire, puis la transmettait à son fils, dans les mêmes conditions. Sam l'avait cependant reçue des mains de sa mère, car John Erskine était mort quand Sam entamait sa seizième année. La chevalière, conservée précieusement dans un coffre à la banque, lui avait donc été transmise cinq ans après le décès de son père. Toute sa vie, il se rappellerait l'instant où, pour la première fois, sa mère l'avait passée à son doigt. Cette lourde bague, un peu trop grande pour lui, lui avait procuré une émotion étrange. On l'avait ajustée à sa taille, mais c'était le poids du passé, plus que celui du l'or, qui pesait sur sa main.

Bouleversée, sa mère avait fondu en larmes.

— Ses doigts étaient un peu plus larges que les tiens, avait-elle chuchoté.

Elle ne s'était jamais consolée de la perte de son époux. Comment accepter la mort d'un tel homme ? John était une véritable force de la nature, un géant à la silhouette massive, grand et large d'épaules, qui avait trouvé la mort au cours d'une expédition dans l'Himalaya. De son vivant, Sam avait toujours éprouvé un mélange de crainte, d'admiration et d'amour pour son père, militaire, puis alpiniste de renom, doté d'une force de caractère hors du commun. Il lui manquait énormément. A sa mort, l'adolescent qu'il était s'estimait trop âgé pour pleurer. Grave erreur... Peut-être aurait-il surmonté le chagrin qui le tourmentait encore s'il avait versé quelques larmes à l'enterrement ?

Arborer la chevalière de son père s'était révélé une expérience impressionnante. A son doigt se faisait sentir le poids de toutes les générations passées. Sa mère le regardait avec fierté et tristesse, ses deux jeunes sœurs le fixaient avec admiration. Jeanie avait dix ans, Marie, huit, et elles se trouvaient désormais sous sa responsabilité. Les autres membres de la famille étaient également présents, et Sam avait cru percevoir, à travers eux, le regard d'une multitude d'ancêtres.

Il ressentit tout à coup leur présence silencieuse à son côté, et l'anxiété le submergea. S'il avait perdu la chevalière, ses aïeux ne le lui pardonneraient jamais.

Sans doute l'avait-il égarée à la soirée de Johnny. Mais comment ? Et où ? Peut-être Johnny l'avait-il retrouvée ? Légèrement rasséréné par cette idée, il se dirigea vers le téléphone. Le voyant lumineux du répondeur clignotait et il appuya machinalement sur le bouton pour écouter les messages. La voix d'Helen s'éleva, haut perchée, stridente, furieuse.

— Je te hais, tu m'entends ? Jamais je ne te le pardonnerai. Jamais.

Le répondeur fit une pause, puis passa au deuxième message. Toujours la même voix aiguë, au milieu d'un brouhaha terrible. Sam passa une main lasse sur sa tempe.

— Tu trouves ça malin ? Bravo ! Tu as voulu me ridiculiser, mais c'est toi qui auras l'air fin, très bientôt. Tu vas le regretter, crois-moi !

Sam soupira. Ce n'étaient certes pas les regrets qui lui manquaient.

Troisième message. Les mêmes accents stridents... Trois fois de suite ? Non, c'était au-dessus de ses forces ! Sam pressa le bouton du répondeur pour interrompre l'écoute des messages, et composa le numéro de Johnny. Personne ne répondit. Sans doute l'animateur dormait-il encore. Sam reposa l'écouteur, dépité. Tant pis, il rappellerait plus tard.

Sans même prendre le temps d'avaler un petit déjeuner, il claqua la porte de son appartement situé au dernier étage d'une résidence au bord de la mer, avec une vue imprenable sur la côte. L'ascenseur le conduisit directement au garage du sous-sol où l'attendait sa petite MG rouge — un joyau qu'il aimait passionnément et qui, visiblement, ne portait aucune trace de choc. Ce fut pour lui la seule pensée réconfortante de cette matinée, même lorsqu'il se souvint que, de toute façon, il avait effectué le trajet en taxi la veille au soir...

En chemin, Sam demeura plongé dans ses pensées. Il lui fallait un bon café bien noir pour y voir plus clair. La première chose qu'il ferait serait de demander à Natalie...

Natalie. Ce nom raviva aussitôt son sentiment de malaise. Pourquoi ? Il fronça les sourcils, tout en fouillant dans le vide-poches pour en extraire une paire de lunettes de soleil noires qu'il posa sur son nez afin de soulager ses yeux fatigués. Que s'était-il donc passé hier soir ?

Le trajet ne lui prit que cinq minutes. D'ordinaire, il venait à pied, mais aujourd'hui, il ne pouvait décemment pas se permettre d'aggraver son retard. Il se gara derrière l'immeuble, puis se dirigea vers le hall, sous les yeux écarquillés de la horde de fans qui montaient toujours la garde.

Sam nota que la nouvelle réceptionniste blonde lui adressait un sourire entendu. Etrange... Elle ne put réprimer un rire espiègle quand elle le vit approcher d'un pas rapide.

— Bonjour, monsieur Erskine! Comment allez-vous ce matin? déclara-t-elle d'une voix enjouée.

Qu'avait-elle à sourire de cet air béat? se demanda-t-il, perplexe.

— Très bien, merci, répondit-il d'un ton froid.

Cette idiote continuait à le dévisager avec une expression radieuse. Quoi! Il portait des lunettes noires et il était en retard? Il ne voyait pas ce que ces deux détails avaient de drôle.

— Félici...

Susie ne put achever sa phrase: Sam avait déjà disparu, filant d'un pas décidé vers l'ascenseur. Sur son chemin, deux secrétaires papotaient, tout en se dirigeant vers les bureaux. A sa vue, elles s'interrompirent tout net et lui adressèrent un grand sourire.

— Bonjour, monsieur Erskine, entonnèrent-elles en chœur.

Et d'éclater de rire, avec ce même air mutin qui commençait à lui porter sur les nerfs! Qu'avaient-elles donc toutes, aujourd'hui?

Avec un soupir de soulagement, Sam entra dans l'ascenseur — vide, heureusement. L'univers entier semblait se liguer contre lui, ce matin. Mais il ignorerait les ricanements de ces demoiselles et, dès qu'il serait dans son bureau, il appellerait Johnny. Si le présentateur ne répondait pas, il enverrait quelqu'un chez lui pour le réveiller, lui faire prendre une bonne douche et le conduire séance tenante aux studios d'enregistrement. De gré ou de force, Johnny serait sur le plateau cet après-midi!

Bien décidé à rectifier le cours pour le moins chaotique des événements de la matinée, Sam s'apprêta à pénétrer comme un bolide dans son bureau, mais il ralentit imperceptiblement l'allure quand il aperçut Natalie. Elle plaçait une pile de documents sur sa table de travail. Ses cheveux sombres, lisses et lustrés, glissèrent sur sa joue diaphane quand elle se retourna, et la lueur amusée qui brillait légèrement dans ses yeux bleus acheva d'irriter Sam. D'autant qu'il y avait de quoi être découragé par un tel tableau! Ce matin, comme tous les jours, Natalie était impeccable — l'air serein, posée, élégante, parfaite! Avait-elle la moindre idée de ce qu'était une migraine des lendemains de fête, cette Natalie qui ne buvait jamais que du jus d'orange ou de l'eau minérale, tout au plus une simple coupe de champagne — et encore, pour les grandes occasions?

— Je suppose que vous ne gardez aucune séquelle de la nuit dernière, *vous*, marmonna-t-il. Vous êtes trop parfaite, c'est insupportable.

La seule vue du teint lumineux et des yeux limpides de la jeune femme augmenta sa mauvaise humeur. Elle n'était pas humaine, tout simplement. N'avait-elle donc aucune faiblesse? Ah, s'il avait pu échanger son sort contre le sien, ce matin! C'est elle qui aurait eu les tempes martelées par cette insupportable douleur!

Natalie se contenta de sourire devant cet accueil maussade.

— Voulez-vous un café?

— Un café noir, oui.

Il vit son visage se contracter légèrement et ajouta très vite:

— S'il vous plaît.

Il savait ce que signifiait cette injonction silencieuse sur les traits de la jeune femme. Ils travaillaient ensemble depuis longtemps, et elle le connaissait bien. Trop bien, songea-t-il, agacé. Et qu'avait-elle à le dévisager de la sorte ? Ne pouvait-elle pas se dépêcher de lui apporter ce café tant attendu ? Son seul espoir de salut !

L'instant d'après, Natalie s'éloigna, sous le regard attentif de Sam. Cette silhouette fine, ce pas élancé lui étaient décidément trop familiers. Elle portait toujours le même genre de vêtements. Chemisier blanc, jupe droite qui épousait sa taille et ses hanches minces — longueur à peine au-dessous du genou, songea-t-il, vaguement irrité. Une tenue raffinée, discrète, sans ostentation, et désespérément sage ! Natalie ne mesurait pas plus d'un mètre soixante-dix — il la dépassait largement d'une tête. Ses jambes étaient très... disons, très agréables à regarder, et il les fixa jusqu'à ce qu'elles aient disparu. Puis il s'assit avec un soupir. Dieu sait pourquoi, il avait toujours adoré ses jambes. Des mollets sveltes et des chevilles très fines... La silhouette et la démarche de Natalie l'avaient toujours fasciné, et il aurait volontiers poursuivi ses investigations pour savoir si le reste de sa personne était à la mesure du peu qu'il connaissait d'elle. Mais ses quelques tentatives de séduction s'étaient révélées infructueuses, car la jeune femme avait systématiquement décliné ses invitations et maintenu une distance respectueuse entre eux. « Dommage... », conclut-il, toujours aussi maussade.

Il examina les trois piles de documents que la jeune femme avait déposées sur son bureau. D'un côté, le courrier, de l'autre les messages, puis les fax. Il les parcourut en s'efforçant d'aller à l'essentiel. Il avait achevé son examen rapide lorsque Natalie revint avec un plateau. Le fumet du café noir emplit la pièce et apaisa sa mauvaise humeur...

Un bref instant seulement, car la porte s'ouvrit aussitôt sur Helen West.

Ce fut une entrée fracassante. Sa chevelure rousse auréolait ses épaules d'un halo flamboyant, et ses yeux verts brillaient de fureur. Une expression meurtrière sur le visage, elle claqua la porte derrière elle et ses hurlements résonnèrent dans la pièce, en même temps qu'ils se répercutaient dans le cerveau douloureux de Sam. Natalie s'était figée, le plateau à la main.

— Ah, te voilà donc ! Je savais qu'elle mentait ! s'écria Helen en désignant Natalie d'un doigt rageur. Oui, je me doutais que vous me meniez en bateau. Je ne me suis jamais trompée sur votre compte, avec vos sourires mielleux et votre panoplie de petite secrétaire bien sage ! La secrétaire parfaite ! Ah, laissez-moi rire ! Dès que je vous ai vue, j'ai lu dans votre jeu. Vous n'êtes qu'une sale intrigante.

Nullement impressionnée par cet éclat, Natalie esquissa un pas pour déposer le plateau sur le bureau. Mais Helen bondit vers le meuble au même moment et heurta le plateau. Un jet de café noir s'éleva vers le plafond et se déversa à la ronde — notamment sur la chemise de Sam et sur la jupe de Natalie. Une goutte du liquide brûlant tomba sur le bras d'Helen — ce qui porta sa colère à son comble.

— Regardez ce que vous avez fait ! Espèce de...

— Tu es devenue folle, ou quoi, Helen ! coupa Sam, d'un ton sec. Par ta faute, nous sommes tous trempés. Natalie n'y est pour rien, elle...

— Non, bien sûr que non ! La petite sainte nitouche n'aurait jamais pu commettre une telle maladresse ! Elle est tellement parfaite !

— Mais qu'est-ce qui te prend ? rétorqua Sam, médusé. Qu'est-ce qui ne va pas ?

Si seulement il pouvait se rappeler ce qui s'était passé la nuit dernière... Quel événement avait pu mettre sa maîtresse dans un état pareil ? Helen possédait un caractère orageux, certes, mais jamais il ne l'avait vue en proie à une telle rage. Ses yeux paraissaient lancer des éclairs, et sa chevelure rousse virevoltait en vagues agitées sur ses épaules, au rythme de ses mouvements désordonnés.

24

— Comme si tu ne savais pas! riposta la chanteuse d'un ton excédé. Mais ne va surtout pas t'imaginer que je t'en veux pour ce petit incident! Je suis seulement venue t'annoncer que je romps. Je ne veux plus te revoir de ma vie. Tout est fini entre nous. Tout!

Sa voix avait grimpé de plusieurs décibels. A n'en pas douter, le personnel de la station au complet profitait de leur conversation — même les fêtards qui avaient dansé toute la nuit chez Johnny et devaient lutter pour garder les yeux ouverts ce matin. D'ailleurs, un silence total régnait dans le couloir et les bureaux voisins, constata Sam avec irritation. Manifestement, personne ne manquait un mot de la scène qui se jouait dans le bureau du directeur.

— Je t'en prie, Helen, calme-toi. Nous pouvons discuter sans crier, non?

Son intonation volontairement conciliante ne fit qu'empirer le ressentiment de la jeune femme.

— Arrête de me parler comme si j'étais une demeurée! Tu m'as humiliée la nuit dernière, et c'était ça, le but de ta petite mise en scène! Eh bien, tu ne t'en tireras pas comme ça!

Elle s'était approchée de lui et se penchait au-dessus du bureau, menaçante.

— Tiens, voilà pour toi! déclara-t-elle en lui décochant une claque magistrale.

Elle dut user ses dernières forces dans cette gifle sonore, car elle éclata aussitôt en sanglots nerveux et quitta le bureau en courant. Derrière elle, la porte claqua avec tant de violence que les murs parurent trembler sous le choc.

Quelque peu dépassé par les événements, Sam porta la main à sa joue et jura tout bas. Quelle matinée de chien! La migraine battait sous ses tempes et sa joue le brûlait.

— Elle a failli me casser une dent, déclara-t-il d'une voix blanche. Bon sang! Faites-moi penser à ne plus jamais sortir avec une chanteuse, je vous prie. Je sais bien que les artistes ont du tempérament, mais avec Helen, cela dépasse les limites du supportable !

Munie de mouchoirs en papier, Natalie achevait d'ôter le liquide répandu sur sa jupe noire. Elle lui tendit la boîte.

— Tenez, prenez ça. Je vais vous chercher une chemise propre.

Par chance, Sam en gardait toujours une ou deux au bureau, en cas d'urgence. Il se félicita de cette initiative, car il se rappelait tout à coup qu'il avait des rendez-vous importants aujourd'hui.

— Apportez-moi d'abord un autre café, demanda-t-il en tapotant avec un Kleenex sur les auréoles noires de sa chemise. Je ne tiendrai pas une seconde de plus sans un bon café bien serré. Les hurlements d'Helen n'ont pas arrangé mon mal de crâne.

— Je vais vous apporter de l'aspirine, décréta-t-elle d'une voix douce.

Sam s'absorba de nouveau dans la contemplation des jambes qui disparurent en un éclair. Décidément, il ne se lassait pas de les admirer. Natalie revint un moment plus tard avec un grand verre d'eau, deux cachets et une cafetière fumante. Soulagé à cette vue, Sam réprima un soupir reconnaissant. Elle, au moins, n'élevait jamais la voix et ne claquait jamais les portes. Grâce à elle, son bureau était un véritable havre de paix... quand il n'était pas envahi par des tigresses du genre d'Helen West.

— Que deviendrais-je sans vous ? chuchota-t-il.

Elle lui adressa un sourire moqueur, un de ses petits sourires dont elle avait le secret et qu'il connaissait si bien.

— Oh, vous trouveriez très vite une autre femme pour veiller sur votre petite personne, je n'en doute pas.

Ignorant délibérément le sarcasme dans sa voix, Sam avala les cachets, puis lui rendit le verre qu'il venait de vider.

— Pouvez-vous aller me chercher tout de suite une chemise propre ?

Il croisa son regard et ajouta aussitôt d'un ton sec :

— S'il vous plaît, Natalie.

— Bien sûr, monsieur Erskine.

Elle se dirigea vers le dressing attenant au bureau où il entreposait quelques vêtements de rechange. Sam admira de nouveau ses jambes... Dieu que c'était irritant ! Pourquoi ne lui donnait-elle jamais la chance de voir un peu plus que ses chevilles et ses mollets ? Même ses genoux étaient masqués par le tissu trop sage. Que cachaient cette jupe trop longue et ce chemisier un peu trop strict à son goût ? Mmm... cela valait la peine d'étudier la question, songea-t-il en déboutonnant machinalement sa chemise.

Natalie revint avec la chemise propre qu'elle épousseta avec soin, vérifiant l'état du vêtement. Elle se trouvait déjà à proximité de Sam quand elle leva le visage. Une expression stupéfaite et déconcertée se lut dans ses yeux. Très vite, elle se détourna du torse lisse et mat qui lui barrait le chemin. Sam observa sa réaction, intrigué. N'avait-elle jamais vu un homme nu ? se demanda-t-il, étrangement ému à cette idée.

Bien décidé à creuser ce point un jour, il enfila la chemise qu'elle lui tendait et entreprit de la boutonner, mais le tissu était trop raide pour ses doigts impatients, et il abandonna, énervé.

— Pourriez-vous m'aider, Natalie ? marmonna-t-il.

Visiblement, l'idée ne l'enchantait guère, car elle demeura immobile, le visage fermé, ses grands yeux bleus soudain assombris par une expression indéfinissable. Il crut même qu'elle allait refuser, puis il la vit s'approcher et lever les mains pour l'aider.

C'est alors qu'un éclat doré, sur le doigt de la jeune femme, attira son attention. Une joie intense l'envahit. C'était bien la première note heureuse dans cette matinée de cauchemar ! Ravi, il prit la main de la jeune femme.

— Vous avez retrouvé ma chevalière ! Je n'arrive pas à le croire !

Il décocha un large sourire à Natalie qui le dévisagea sans mot dire.

— Quand je me suis réveillé ce matin et que je me suis aperçu que je ne l'avais plus, j'étais comme fou ! poursuivit-il. Ma mère me tuerait si elle apprenait que je l'ai perdue. Je l'ai cherchée partout chez moi, puis je me suis dit que j'avais dû la perdre chez Johnny. J'ai essayé de l'appeler, mais bien sûr, il n'a pas répondu. Il est sans doute plongé dans un profond sommeil.

— Sans doute, répéta-t-elle d'un ton neutre, sans lever les yeux vers lui.

— Je ne sais pas comment vous remercier. Où l'avez-vous trouvée ?

— Je ne l'ai pas trouvée. C'est vous qui me l'avez donnée.

— Donnée ?

— Oui. Hier soir, précisa-t-elle d'une voix claire.

— Ah bon... Je devais être vraiment soûl. Je ne me rappelle absolument rien.

D'instinct, il tendit la main pour récupérer son bien, mais elle n'esquissa pas le moindre geste pour le lui restituer.

— Pourriez-vous me la rendre, s'il vous plaît ? demanda-t-il, légèrement irrité. C'est un héritage de famille, et j'y tiens beaucoup.

Elle n'avait tout de même pas l'intention de la garder ? Non, ce n'était pas du tout le genre de Natalie. Alors pourquoi arborait-elle le bijou avec un air de propriétaire ?

— Je vous la restituerai quand vous m'aurez offert l'autre, répliqua-t-elle d'un ton léger. Buvez votre café tant qu'il est chaud. Cela vous réveillera un peu, j'espère.

— Quelle autre ?

Médusé, Sam considéra la jeune femme avec étonne-

28

ment. Rêvait-il ? Natalie, sa secrétaire d'ordinaire si austère, si détachée de certaines considérations matérielles, faisait allusion à un cadeau ? Décidément, tout allait mal ce matin. A court d'idées, Sam décida de boire le café qu'elle lui offrait et de reconsidérer ensuite les choses sereinement. Il avala une gorgée qui lui brûla la gorge.

— Vous avez parlé d'un saphir, pour aller avec mes yeux, répondit Natalie.

Elle paraissait transportée de bonheur à cette évocation, comme si le souvenir de certaines promesses la comblait d'aise.

— Un sa... phir ?

— Oui. Vous ne vous souvenez pas, la nuit dernière ? Quand vous m'avez demandé de vous épouser ?

— Vous épouser..., répéta Sam, soudain tout pâle.

Elle lui décocha un regard ingénu.

— Oui. Vous vous êtes mis à genoux devant moi. Tout le monde nous regardait.

— A ge..., balbutia-t-il, horrifié.

— A genoux, oui. Et vous m'avez suppliée de vous épouser. Vous avez passé votre chevalière à mon doigt et vous avez déclaré que je la garderais jusqu'à ce que nous allions chez le bijoutier choisir une vraie bague de fiançailles — un saphir, plus précisément, du même bleu que mes yeux. Ne prenez pas cet air incrédule, c'est vous qui me l'avez dit, je n'invente rien.

Elle ajouta avec un sourire espiègle :

— Dites-moi, Sam. Vous n'allez pas rompre vos promesses, tout de même ?

2.

— Vous trouvez ça drôle ? demanda Sam d'un ton sec. Parce que, moi, cela ne me fait pas rire du tout !

— C'est l'arroseur arrosé, murmura-t-elle, réprimant un fou rire.

— L'arroseur quoi ? coupa-t-il avec irritation.

« Tiens, tiens... Il est vraiment en colère », constata-t-elle, un peu étonnée par cet éclat. Elle n'ignorait pas à quel point Sam pouvait être désagréable quand il était exaspéré, mais jamais par le passé sa fureur ne lui avait été destinée. Il était de tempérament impétueux, impulsif et passionné. Une passion entièrement tournée vers son travail... Car dans sa vie privée, c'était une autre affaire. A l'égard de ses conquêtes, il manifestait toujours une souveraine indifférence, et ses multiples liaisons ne se prolongeaient guère.

D'ailleurs, la façon dont il traitait les femmes qui défilaient dans sa vie — et surtout dans son lit — l'avait toujours sidérée. Pour lui, l'amour n'était qu'un jeu, une entreprise de séduction où la femme se réduisait à une proie délaissée sitôt conquise. Pourquoi ses maîtresses acceptaient-elles d'être considérées de la sorte ? Natalie ne parvenait pas à les comprendre. Pour rien au monde elle n'aurait admis une telle situation. Au début de leur collaboration, il avait vaguement essayé de l'inviter à dîner une ou deux fois, mais elle lui avait opposé un refus catégorique. Seules les invitations sérieuses trouvaient grâce à ses yeux : elle détestait ce genre de badinage.

— L'arroseur qui passe son temps à arroser les autres, et qui se trouve arrosé un jour, expliqua-t-elle enfin, sous son regard impatient.

— Qu'est-ce que c'est que cette histoire ?

Décidément, son esprit tournait au ralenti, ce matin, nota-t-elle. Rien d'étonnant, après la nuit précédente...

— L'arroseur, reprit-elle avec patience. A-rro-sé.

— Je ne comprends pas un traître mot de ce que vous dites !

Etrange... D'ordinaire, il affichait un sens de l'humour plus développé. Elle haussa les épaules, renonçant à lui apporter des éclaircissements.

— Cessez de faire de l'esprit et rendez-moi ma chevalière ! déclara-t-il en lui saisissant la main.

Elle le considéra avec de grands yeux, comme si la rudesse de son geste la choquait profondément.

— Voyons, Sam, nous sommes fiancés..., susurrat-elle, outrée.

— Nous ne sommes rien du tout et vous le savez très bien ! s'écria-t-il. J'étais complètement ivre la nuit dernière. L'alcool m'a fait délirer et parler de...

Il s'interrompit, comme s'il avait perdu le fil de ses pensées — ou refusait d'admettre l'abominable réalité. Natalie acheva la phrase pour lui.

— De mariage, Sam. Devant des dizaines de personnes, vous vous êtes agenouill...

— Je sais ! coupa-t-il. Je vous en prie, épargnez-moi la suite de l'histoire ! J'étais soûl, vous le savez parfaitement. Je ne parlais pas sérieusement.

Elle ne l'ignorait pas, bien entendu. Mais pour une fois qu'elle s'amusait aux dépens de son cher employeur, elle n'avait pas l'intention de mettre un terme à son petit jeu.

— Mais vous m'avez demandée en mariage ! insistat-elle.

Les yeux écarquillés, elle le fixait d'un air innocent. Décontenancé, il inspira profondément, comme s'il comptait jusqu'à dix pour reprendre son calme. Puis, d'un ton rasséréné, il reprit la parole.

— Voyons, Natalie, nous ne sommes jamais sortis ensemble. Nous ne nous sommes jamais rencontrés en dehors du travail et nous n'avons même jamais déjeuné en tête à tête. Pourquoi voulez-vous qu'il me prenne l'envie subite de vous épouser ?

— Vous m'avez déclaré que j'étais la femme idéale, rétorqua-t-elle d'un ton naïf. « La femme de vos rêves »... Je n'invente rien.

Elle lui sourit malicieusement.

— C'était très romantique. Surtout quand vous vous êtes jeté à mes pieds et que vous m'avez suppliée de vous épouser. J'en avais presque les larmes aux yeux.

Soudain rouge de confusion, Sam passa une main embarrassée dans sa chevelure déjà désordonnée par son réveil un peu hâtif.

— Ce n'est pas possible, murmura-t-il pour lui-même. Je n'ai jamais été ivre à ce point-là.

« Voilà qui est flatteur », songea-t-elle, piquée au vif. Sam fronça les sourcils, l'air soudain préoccupé. Aurait-il recouvré l'usage de son cerveau ? Si tel était le cas, elle espérait que ce retour de lucidité le plongerait dans un gouffre d'anxiété.

— Je me pose une question, marmonna-t-il, soucieux. Helen était-elle présente quand je...

— Oui.

Jamais elle n'oublierait le visage d'Helen West à cet instant. Ce seul souvenir l'emplissait de joie, légitimant presque cette scène pour le moins désolante où Sam l'avait publiquement demandée en mariage. Natalie n'avait jamais aimé la femme qui partageait — depuis quelques semaines seulement — la vie de son employeur. Elle n'était d'ailleurs pas la seule à éprouver de l'aversion

33

pour cette intrigante qui ne manifestait de l'intérêt que pour une seule catégorie de personnes : les hommes jeunes, riches et beaux. Comme Natalie ne possédait aucune des qualités requises pour échapper au mépris de la chanteuse, cette dernière l'avait toujours traitée avec une arrogance qui frisait l'impolitesse.

— Je comprends mieux la claque qu'elle m'a donnée tout à l'heure, observa Sam en passant le doigt sur sa joue. J'ai toujours mal, vous savez.

— Pauvre petit chéri, déplora-t-elle d'un ton mielleux. Ne vous en faites pas, ce n'est qu'un petit bobo. Je vais souffler sur votre joue, et vous ne sentirez plus rien.

Une compassion de pure forme, bien entendu. En fait, elle priait intérieurement pour que la souffrance se prolonge un petit moment, histoire de lui apprendre à vivre ! Réjouie à cette pensée, elle esquissa un demi-sourire, et fixa la joue cramoisie de Sam. Mais... Qu'avait-il à la dévisager d'un air machiavélique ?

— Vous n'êtes pas sincère avec moi, mon cœur, déclara-t-il. Sinon, vous m'auriez déjà donné un baiser pour calmer la douleur. Nous sommes fiancés, oui ou non ?

La jeune femme accusa le coup sans broncher. Qui était l'arroseur, désormais ? Elle aurait dû s'attendre à ce revirement ! Dans sa vie privée ou professionnelle, Sam s'était toujours révélé un adversaire particulièrement coriace.

Elle songea un instant que cette parodie de fiançailles l'attirait sur un terrain glissant, puis décida de poursuivre le jeu. Pour une fois qu'elle s'amusait un peu ! Prendre Sam au piège se révélait une expérience trop réjouissante pour qu'elle y renonce au premier écueil.

Les cils battants, elle murmura d'une voix langoureuse :

— Alors, penchez-vous, mon lapin.

La surprise la plus complète se peignit sur le visage de

Sam. Visiblement, il ne s'attendait pas à sa réaction. Mais son hésitation fut de courte durée. L'œil brillant, il se pencha, les yeux fixés sur elle comme pour deviner jusqu'où elle pousserait ce petit jeu. D'un air détaché, Natalie se hissa sur la pointe des pieds et déposa un baiser sur la joue endolorie. Le parfum de son after-shave lui monta à la tête. La peau de Sam était un peu rude sous ses lèvres...

— Et voilà, je suis sûre que vous n'avez plus bobo, déclara-t-elle d'un ton moqueur.

Elle regretta aussitôt ces paroles : une lueur dangereuse venait d'apparaître dans le regard de Sam. D'une main impérieuse, il la contraignit à le regarder droit dans les yeux. Une expression indéfinissable jouait sur son visage tandis qu'il scrutait les traits de Natalie. Il la soumettait à un examen minutieux et approfondi, comme s'il la découvrait pour la première fois. D'ailleurs, c'était sans doute la première fois qu'il s'intéressait à elle, songea-t-elle, un peu amère. Le reste du temps, son travail et ses conquêtes féminines l'accaparaient tant qu'il ne lui prêtait guère d'attention. Sans doute estimait-il qu'elle faisait partie des meubles, au même titre que son fauteuil de cuir ou la lampe halogène qui éclairait son bureau. Cette pensée suffit à irriter Natalie. Elle fronça les sourcils. Serait-elle vexée de ne pas être l'objet de sa flamme ? Sans doute pas... Mais c'était humain, non ? Personne n'aimait être rangé dans la catégorie des accessoires de travail !

Peu à peu cependant, son amertume céda la place à une étrange émotion. Pourquoi son cœur s'affolait-il dans sa poitrine ? C'était absurde ! Elle n'avait jamais imaginé un seul instant que Sam pût s'intéresser à elle. Tout juste avait-elle décidé de rire un peu aux dépens de ce séducteur impénitent. Mais peut-être était-il temps d'arrêter ce petit jeu, avant que Sam ne commence à s'amuser, lui aussi...

« Oui, il est grand temps ! » pensa-t-elle, affolée par le regard brûlant fixé sur ses lèvres.

— Je vous ai embrassée quand je vous ai demandée en mariage? murmura Sam d'une voix affreusement sensuelle.

Incapable de répondre, elle le fixa avec une confusion grandissante.

— J'ai dû vous embrasser, poursuivit-il. Puisque je vous ai suppliée de m'épouser. Quel dommage! Je ne me rappelle plus rien. A vrai dire, je meurs d'envie de rafraîchir ma mémoire...

Comme elle ne protestait toujours pas, Sam se pencha vers elle avec une lenteur calculée. Hypnotisée, Natalie sentit son souffle frais lui balayer le visage. Une vague de désir la submergea quand les lèvres de Sam s'emparèrent des siennes. Troublée par cette réaction inattendue, elle ne songea même pas à le repousser. Toute volonté l'abandonna peu à peu et, comme il glissait les mains autour de sa taille pour l'attirer contre lui, elle l'enlaça afin de ne pas perdre l'équilibre. Le monde extérieur s'évanouit autour d'elle tandis qu'elle fermait les yeux, subjuguée par la pression délicieuse des lèvres de Sam sur les siennes. Ils étaient si étroitement lovés l'un contre l'autre qu'elle éprouvait la vigueur de son torse dénudé sous la soie de son chemisier. L'espace d'un bref instant, il lui sembla même que son cœur battait à l'unisson du sien, tout contre son sein... Bouleversée, elle réprima un gémissement et laissa ses mains descendre sur le dos de Sam. Un désir souverain s'emparait d'elle et lui insufflait une audace inouïe.

Ce fut la violence de ce désir qui lui rendit sa clairvoyance. Que lui arrivait-il? Jamais elle n'avait connu un tel bouleversement. Elle perdait la tête, ni plus ni moins. Il fallait réagir, et vite! Soudain consciente du danger qui la guettait, elle rassembla le peu de volonté qui lui restait — et recula d'un pas.

— Arrêtez!

Il la dévisagea fixement, l'air stupéfait. Un bref instant,

elle crut lire une vive émotion dans son regard, et son cœur se serra. Un bref instant seulement... Car le rire moqueur de Sam se chargea de balayer ses illusions.

— Voyons, Natalie, nous sommes fiancés, non ? Vous auriez la cruauté de refuser un baiser à votre futur mari ?

— Très drôle ! marmonna-t-elle, agacée.

Son irritation était surtout dirigée contre elle-même. N'avait-elle pas pris l'initiative de cette comédie ridicule ? Pourquoi avait-elle oublié que Sam se révélait toujours un adversaire redoutable ? La prochaine fois, elle réfléchirait avant d'agir.

La prochaine fois ? Il n'était pas question de prochaine fois ! se reprit-elle, de plus en plus nerveuse. Désormais, elle se tiendrait sur ses gardes.

Car elle avait fait une découverte, aujourd'hui. Une découverte d'une importance capitale. Sam détenait un pouvoir étonnant sur elle. D'un baiser, il pouvait lui faire perdre toute lucidité. Il n'était donc pas question de lui offrir l'occasion de recommencer.

Elle baissa les yeux sur sa main, où brillaient les armoiries des Erskine, et décida de mettre un terme aux hostilités. La chevalière était trop grande pour son doigt, de toute façon. Mieux valait la restituer au plus vite. D'autant qu'elle n'ignorait pas combien ce bijou était précieux pour Sam.

— Tenez ! déclara-t-elle avec fermeté. Je vous rends votre bague.

— Je viens à peine de faire ma déclaration, et vous rompez déjà les fiançailles ? Me voilà dans le rôle de l'amoureux éconduit dès le lendemain de ma demande !

Il s'était exprimé d'un ton réprobateur — ce qui ne l'empêcha pas d'accepter sans hésiter la chevalière qu'elle lui tendait. Un pincement d'amertume étreignit le cœur de Natalie lorsqu'il glissa la bague à son doigt avec un soulagement manifeste. Etrange... Pourquoi se vexait-elle de le voir reprendre son cadeau avec tant d'empressement ?

— Vous savez parfaitement que ces fiançailles n'étaient qu'une comédie, riposta-t-elle avec aigreur. Il ne m'est jamais venu à l'esprit de vous prendre au sérieux. Vous aviez complètement perdu le contrôle de vous-même ! J'ai gardé la bague parce que j'avais peur que vous la perdiez, voilà tout. J'espère que cela vous servira de leçon. La prochaine fois que vous sortirez, ne dépassez pas deux verres, et tâchez de contrôler vos élans un peu trop passionnels pour le whisky !

— Oui, mon adjudant. Je vous le promets, mon adjudant, rétorqua-t-il d'un ton railleur.

La moquerie fut de courte durée, car il poursuivit aussitôt, avec sérieux, cette fois :

— Ne vous en faites pas, je ne risque pas de recommencer. Jamais je n'ai eu un mal de crâne aussi violent. J'ai l'impression que ma tête va exploser.

— Bien fait pour vous, murmura-t-elle en s'éloignant.

Il la considéra un instant, songeur, puis déclara d'un ton menaçant :

— Attention, Natalie... Dois-je vous rappeler que c'est moi qui commande, ici ? D'ailleurs, je crois vous avoir ordonné de boutonner ma chemise.

Approcher une deuxième fois ce torse nu, cette peau lisse et mate ? C'était bien le dernier de ses désirs ! Mais avait-elle le choix ? L'expression pour le moins résolue de Sam lui interdisait de le défier... D'autant plus que, si elle se dérobait, il comprendrait très vite la véritable raison de son refus : elle avait peur... Cette pensée la fit frémir. Quelle honte s'il devinait le pouvoir qu'il détenait sur elle !

Bien décidée à lui cacher ses sentiments, elle redressa le menton et s'approcha de lui. En silence, elle glissa un à un les boutons dans le tissu un peu rêche, sans effleurer la peau de Sam ni lever les yeux sur son visage. Quelles étaient ses pensées, à cet instant ? Mieux valait l'ignorer... pour la paix de son esprit ! se dit-elle, effarée par le trouble profond qui régnait en elle. Quelle séduction diabolique cet homme exerçait-il donc sur elle, tout à coup ? Et surtout, pourquoi n'avait-elle rien remarqué jusqu'à présent ?

La réponse était simple : c'était la première fois que régnait un tel degré d'intimité entre eux. Dès les premiers jours de leur collaboration, Sam l'avait invitée à dîner, mais elle avait refusé. Il s'était alors résigné, sans trop de mal, d'ailleurs, à troquer une nouvelle conquête contre une *véritable* assistante. Car, Natalie ne l'ignorait pas, elle lui était vite devenue d'une aide précieuse. Bien trop précieuse pour qu'il coure le risque de gâter une collaboration aussi fructueuse par une liaison éphémère. Leurs relations étaient donc demeurées strictement professionnelles, Natalie veillant à maintenir une distance respectueuse entre eux. Précaution inutile, d'ailleurs, car Sam ne s'était jamais plus intéressé à elle. Certes, il détaillait parfois ses jambes, mais cet examen n'avait aucune signification particulière. Il s'agissait sans doute d'un pur réflexe, d'une manifestation presque machinale de son instinct masculin, toujours en éveil...

Aussi n'avait-elle jamais été confrontée, avant ce jour, à son pouvoir de séduction absolument dévastateur.

Dévastateur était le mot juste. A en juger par le nombre de superbes créatures qui s'étaient succédé dans son bureau depuis trois ans, Sam faisait des ravages. Alors, pourquoi s'étonner qu'elle se soit abandonnée à son étreinte ? Si seulement elle n'avait pas joué cette comédie stupide...

Mais l'heure n'était pas aux remords. Puisque le seul moyen de résister au charme de Sam consistait à garder ses distances, autant mettre cette recette en pratique sur-le-champ, décida-t-elle avec fermeté.

— Et si nous nous mettions au travail, monsieur Erskine ? suggéra-t-elle d'un ton neutre. Nous avons du courrier à trier, et vous devez passer un certain nombre de coups de téléphone urgents.

— Dites-moi, depuis quand suis-je censé obéir à vos ordres ? Je pensais que c'était moi, le chef.

Lasse d'essuyer ses sarcasmes, Natalie haussa les épaules.

— Très bien. Si vous n'avez plus besoin de moi, je vais faire une pause café.

Non qu'elle ait la moindre envie de boire un café... Mais la perspective de quitter ce bureau et d'échapper à l'emprise de Sam lui apparaissait comme la seule issue à ce duel pour le moins éprouvant. Elle tourna les talons avec soulagement et se dirigea vers la porte. Mais Sam ne lui laissa pas le temps de franchir le seuil. Il la rattrapa en quelques enjambées et se dressa devant elle de toute sa hauteur.

— Je viens juste d'arriver, et nous avons du travail, ma chère. Par conséquent, vous ferez votre pause quand moi, je le déciderai.

— J'ai cru comprendre que vous n'aviez pas l'intention de travailler ce matin, riposta-t-elle sans se départir de son calme.

— Vous m'avez mal compris. De toute façon, c'est moi qui décide ici, pas vous. Avant que nous regardions le courrier, je voudrais examiner le bilan financier du mois dernier. Pouvez-vous appeler Arthur et lui demander de me le transmettre ?

Le bilan venait d'être bouclé, et Natalie, prévoyante, n'avait pas manqué de le réclamer au comptable dès son arrivée ce matin. Aussi désigna-t-elle le dossier rouge qu'elle avait placé en évidence sur le bureau de Sam, à côté de la pile de lettres. Comme elle le lui tendait en silence, il lui décocha un regard franchement contrarié.

— On ne vous a jamais dit à quel point vous êtes agaçante ?

— Si. Vous me le répétez au moins une fois par jour depuis trois ans que je travaille pour vous, répliqua-t-elle posément. Mais surtout, n'allez pas croire que je m'en formalise : je ne suis pas vexée, je suis blindée. Supporter vos aigreurs fait partie de mes attributions — puisque j'écoute patiemment les grossièretés des auditeurs en colère, je ne vois pas pourquoi je n'endurerais pas vos sautes d'humeur.

Une expression furibonde figea les traits de Sam. Allait-il lui décocher une repartie bien sentie ? Prudente, Natalie recula d'un pas. Mais la chance était de son côté : comme Sam ouvrait la bouche pour répondre, la porte du bureau s'ouvrit avec fracas. Johnny parut dans l'embrasure, les yeux abrités par des lunettes noires à montures argentées, son visage encadré de mèches blondes et folles. Ses longues jambes mises en valeur par un pantalon de cuir noir, une chemise blanche ouverte sur son torse bronzé, il ne dérogeait pas à l'image qui lui valait l'adulation des adolescentes massées quotidiennement dans le hall de l'immeuble.

— Je suis mort ! déclara-t-il avec emphase en se dirigeant vers un fauteuil où il s'affala.

— Je vais chercher du café, clama aussitôt Natalie, ravie de quitter le bureau.

— Tu as le don de lire dans mes pensées, mon ange, répondit Johnny d'un ton affectueux.

Ils échangèrent un sourire complice tandis que Natalie s'éloignait. Quel soulagement d'échapper à ce huis clos avec Sam... Pour un peu, elle aurait sauté au cou de l'animateur. A présent, il ne lui restait plus qu'à...

Oublier ce qui s'était passé ce matin. Et faire en sorte que Sam chasse lui aussi cet épisode de sa mémoire.

Elle revint avec le café un moment plus tard. Johnny avait pris ses aises. Les jambes négligemment étendues devant lui, ses boots argentés effleurant le bureau de Sam, il inclinait la tête sur le côté, dans une attitude étudiée, comme s'il prenait la pose pour une séance de photos. Il accueillit la tasse que Natalie lui tendait avec un sourire enjôleur.

— Merci, tu es un amour. Alors, comment as-tu trouvé ma fête ? Dire que je ne t'ai même pas invitée à danser ! Je m'étais pourtant promis de le faire. Mais tout s'est déroulé comme dans un tourbillon ! C'est une des plus belles fêtes que j'ai jamais données.

Malgré son ton enjoué, dans ses yeux perçait une sourde anxiété, une interrogation angoissée et mélancolique. L'apparente désinvolture de Johnny masquait un malaise profond et un immense manque de confiance en soi. Car s'il accordait une importance démesurée à son apparence physique, il n'en ignorait pas pour autant le caractère vain et éphémère de ce reflet extérieur.

Sans doute était-ce cette fragilité qui touchait Natalie, malgré les aspects parfois agaçants du personnage. Aussi s'empressa-t-elle de le rassurer d'un ton chaleureux.

— C'était fantastique, Johnny. Tout le monde a adoré cette soirée. Je ne sais comment te remercier pour ton invitation.

— Non, ne me remercie pas. Tout le plaisir était pour moi...

Il détailla la silhouette svelte de la jeune femme avec une approbation non déguisée. Puis cet examen parut lui suggérer quelque chose, et son expression changea brusquement.

— A propos... Je viens juste de me rappeler... Je n'en reviens pas, Sam. Félicitations. Mais je ne sais pas si je te pardonnerai un jour de m'avoir volé la femme de ma vie.

Il se leva pour déposer un baiser empreint de tendresse sur la joue de Natalie.

— Je te présente tous mes vœux de bonheur, ma chérie. Tu auras du fil à retordre avec cet énergumène ! Mais n'hésite pas : s'il est méchant avec toi, appelle-moi. Je lui en ferai voir de toutes les couleurs. Un mot de toi, un seul, et je vole à ton secours.

Natalie coula un regard embarrassé vers Sam. Comme elle s'en doutait, ce dernier ne goûtait guère l'humour de

Johnny. Ses traits tendus et son regard noir étaient pour le moins éloquents. Elle détourna les yeux, résolue à demeurer silencieuse. A lui d'expliquer à l'animateur que cette demande en mariage n'était qu'une comédie ! N'était-il pas le premier responsable de cette situation ?

Sans se douter de rien, Johnny poursuivit son joyeux babil.

— Avez-vous fixé la date de la cérémonie ? Le plus tôt serait le mieux ! La rentrée de septembre risque d'être chargée, Sam sera très occupé dès la mi-août. Dites, j'aimerais bien être témoin ! Après tout, c'est chez moi que l'heureux élu s'est enfin décidé à faire sa déclaration.

Les traits crispés, l'« heureux élu » l'interrompit d'un ton froid.

— Merci pour tes vœux, Johnny, mais il n'est pas question de mariage entre Natalie et moi. Je plaisantais, hier soir.

Stupéfait, Johnny se tourna vers Natalie, qu'il dévisagea un instant d'un air soucieux.

— Tu plaisantais ? Non, mais je rêve ! riposta-t-il à l'intention de Sam. Tu trouves ça drôle ? Et toi, ma chérie, ajouta-t-il à son adresse, tu savais que c'était pour rire ?

Sincèrement touchée par sa réaction, Natalie demeura un instant interdite. Sous ses dehors narcissiques, Johnny cachait un homme sensible et compréhensif. Un être humain... contrairement à ce monstre de Sam !

Déterminée à conserver sa dignité, la jeune femme plaqua un sourire empreint de légèreté sur ses lèvres.

— Tu imagines bien que je n'ai pas songé une seule seconde à épouser Sam, énonça-t-elle en haussant les épaules avec une insouciance calculée. Je savais parfaitement qu'il ne parlait pas sérieusement. Personne n'ignore que ce monsieur est un célibataire invétéré. Et même à supposer qu'il ait eu la lubie de m'épouser, je n'aurais jamais accepté ! Sam n'est absolument pas mon genre.

Ces mots prononcés avec désinvolture eurent un effet pour le moins divergent sur les deux hommes. Johnny éclata de rire, tandis qu'un masque glacial déformait les traits de Sam.

— Ton assistante est d'une clairvoyance étonnante, Sam, s'écria Johnny. Elle a cerné l'essentiel de ta personnalité.

Quoiqu'ils ne s'opposent pas sur un terrain professionnel, entre les deux hommes avait toujours régné une rivalité latente, une compétition secrète qui s'exacerbait quand une femme se trouvait dans les parages. Aussi Natalie se garda-t-elle de se dégager de son étreinte lorsque l'animateur la prit par la taille.

— Si je comprends bien, tous les espoirs ne sont pas perdus pour moi, ma chérie, chuchota-t-il.

Pour toute réponse, Natalie se contenta de lui rendre son sourire.

— Johnny, tu as vu l'heure ? coupa Sam d'un ton sec. Tu devrais déjà être au studio pour choisir ta programmation !

Ces mots rappelèrent aussitôt Johnny à des considérations plus sérieuses. L'air inquiet, il consulta sa montre.

— Bon sang, tu as raison ! s'écria-t-il. Je file. A plus tard !

L'instant d'après, il avait disparu. Le bruit de ses pas précipités résonna dans le couloir tandis que Sam regagnait son bureau d'un air songeur. Il s'assit, demeura un moment silencieux, tout en scrutant Natalie avec une dureté qui n'augurait rien de bon.

— Vous avez tort de vous jeter dans les bras de Johnny, affirma-t-il. Il n'est pas du tout votre genre, lui non plus.

Elle se crispa. Certes, Johnny ne l'attirait absolument pas, mais de quel droit ce tyran entendait-il lui dicter sa conduite ?

— C'est à moi d'en juger, il me semble.

— Les femmes ont tendance à perdre leurs moyens, quand un homme s'intéresse à elles !

— Vous êtes expert en la matière, j'imagine. Mais rassurez-vous, je ne suis pas comme ces furies qui vous harcèlent à longueur de journée, rétorqua-t-elle d'un ton sec. Je possède encore toutes mes facultés mentales.

— Je ne faisais nullement référence à mon expérience personnelle, répondit-il avec une ironie non dissimulée. Je parlais de Johnny. C'est un homme hors du commun, beau, riche, intelligent. Mais toutes ses qualités ne pourraient me convaincre de lui confier une de mes sœurs.

Natalie réprima un sourire, amusée par les propos de Sam, qui révélaient une fois de plus son caractère autoritaire. Il était sincère en évoquant les craintes qu'il éprouvait pour ses sœurs. Sans doute était-ce cette affection pour ses proches qui le rendait attachant aux yeux de Natalie... Mais il se conduisait parfois en véritable dictateur, surtout depuis que ses sœurs avaient atteint leur majorité. Ayant pris la place de leur père très jeune, il n'avait jamais songé que Jeanie et Marie n'étaient plus des petites filles, et qu'à vingt ans passés, elles avaient le droit de mener leur vie comme bon leur semblait. Les deux jeunes femmes, excédées par tant de paternalisme, s'en étaient d'ailleurs plaintes auprès de Natalie.

— Inutile de prendre cet air supérieur ! poursuivit-il d'un ton froid. Je cherche seulement à vous protéger. Méfiez-vous de Linklater : on ne peut pas compter sur lui.

— Ne vous inquiétez pas pour moi. Je suis assez grande pour savoir ce que je fais.

Un rire sarcastique accueillit ses paroles.

— J'ai déjà entendu ce refrain des dizaines de fois ! Car vous n'êtes pas la première à tomber dans les bras de Johnny, figurez-vous. De toute façon, si vous voulez vous briser le cœur, c'est votre problème. Bon, et si nous travaillions, maintenant que la plaisanterie est terminée ?

D'un geste brusque, il se saisit du dossier financier et se plongea dans la lecture des chiffres, le visage fermé. Natalie réprima un soupir, consternée à l'idée de supporter son humeur détestable toute la journée.

Cependant, malgré la tension latente entre Sam et elle, l'heure suivante s'écoula dans une atmosphère studieuse. Ils examinèrent les dossiers en cours, puis le courrier urgent. Sam dictait une réponse à Natalie quand la sonnerie du téléphone retentit.

— Allô... Bonjour, Jeanie, répondit-il d'un ton surpris. Que se passe-t-il ? Tu ne vas pas bien ? Quoi ? Non, je n'ai pas lu les journaux ce matin.

Natalie sursauta. La voix de Sam monta de plusieurs tons.

— Quoi ? Ils ont dit quoi ?

Les yeux étincelants de colère, il écouta en silence le flot de paroles ininterrompues qui se déversait dans l'écouteur.

— Non, bien sûr, c'est faux, tout est faux ! Quoi ? Elle a... Mais dis-lui tout de suite que ce n'était qu'une plaisanterie ! Non, toi. Dis-lui. Si j'appelle, elle va m'inonder de questions. Oui, je sais qu'elle s'inquiète pour moi, elle ne cesse de me le répéter, mais... Non, je ne l'appellerai pas. Tu m'écoutes, Jeanie ? Allô... allô ? Jeanie ?

Il reposa l'écouteur d'un geste brusque et décocha un regard courroucé à l'intention de Natalie.

— Bon sang ! Elle m'a raccroché au nez !

— Que se passe-t-il ?

Sa question prononcée d'un ton anodin lui valut encore un regard furibond.

— Elles sont au courant de ce qui s'est produit la nuit dernière. C'est une véritable catastrophe. Et c'est votre faute, en plus ! Vous auriez pu m'épargner ça !

Médusée, la jeune femme sentit une vague d'indignation la submerger. C'était un comble ! Non seulement il se donnait en spectacle dans un état d'ivresse avancée, mais en plus il l'accusait, elle, d'être responsable de ses bêtises ?

— C'est moi, peut-être, qui me suis soûlée ? rétorqua-t-elle, acerbe. Qui s'est mis à genoux, alors qu'il n'arrivait même plus à tenir sur ses jambes ? Qui m'a suppliée de l'épouser entre deux hoquets ? Qui m'a donné sa bague en titubant, et qui a insisté pour que je la garde à mon doigt alors que je n'avais pas la moindre envie d'arborer ce bijou prétentieux et voyant ?

— Et d'un, ce bijou « prétentieux et voyant », comme vous dites, ce sont les armes de ma famille — d'une noblesse très ancienne, voyez-vous ! Et de deux, vous êtes censée être mon assistante : je vous paie pour m'aider en toutes circonstances et pour m'éviter ce genre d'ennuis. Vous auriez dû m'empêcher d'en arriver là.

— Moi qui croyais que j'étais engagée comme secrétaire ! On ne m'a jamais dit que je devais aussi jouer les gouvernantes. Si j'avais su... Soit ! Je le préciserai dans la petite annonce que je vais rédiger tout de suite pour recruter ma remplaçante !

— Que... que dites-vous ? rétorqua-t-il, désarçonné.

— Je vous donne ma démission.

Tremblante de colère, elle le défia des yeux, les poings serrés. Cet homme avait le don de lui porter sur les nerfs, avec sa mauvaise foi et ses manières dictatoriales ! A cet instant, elle aurait donné cher pour prendre ses affaires et quitter ce bureau sur-le-champ. Non qu'elle ait, en son for intérieur, la moindre envie de démissionner... Son travail à la station était varié et enrichissant. Et il fallait bien reconnaître qu'elle adorait travailler avec Sam... en règle générale. Il l'écoutait toujours, lui témoignait une grande confiance et lui accordait des responsabilités qu'elle n'aurait jamais obtenues ailleurs.

Mais cette fois, il avait dépassé les bornes. Etait-ce l'incident de la nuit dernière qui avait provoqué ce revirement ? Tout était différent, désormais. Envolées, la

confiance et l'atmosphère sereine de leur collaboration...
Une tension presque perceptible régnait entre eux.

— Si c'est encore une de vos mauvaises plaisanteries,
ce n'est pas drôle du tout, Natalie, déclara-t-il d'une voix
glaciale.

— Je ne plaisante pas. Je démissionne. Tout de suite,
rétorqua-t-elle en se levant pour gagner la porte.

A peine avait-elle achevé sa phrase que la silhouette de
Sam se dressa devant elle, imposante, menaçante.

— Vous ne démissionnez pas. J'ai besoin de vous.

Elle sentit son pouls s'accélérer. Que voulait-il dire, au
juste ? Reconnaissait-il que...

Mais Sam se chargea vite de dissiper les folles pensées
qui assaillaient son esprit.

— Il faut que vous appeliez ma mère, déclara-t-il
comme s'il s'agissait d'une évidence. D'après Jeanie, elle
a passé la matinée au téléphone et elle en est maintenant
au stade des invitations... pour notre mariage, précisa-t-il
sous le regard médusé de Natalie. Elle a déjà tout prévu,
le lieu, la date, le nombre d'invités, le traiteur, le coutu-
rier, le fleuriste, et j'en passe ! Je veux que vous lui par-
liez et que vous mettiez un terme à ce remue-ménage.

— Qui l'a informée des événements de la nuit dernière ?

— Il paraît que l'annonce de nos fiançailles fait la une
des journaux à sensations ! Quelqu'un a dû s'empresser
de communiquer la nouvelle à toutes les rédactions de la
région. Si jamais je retrouve le...

— Inutile de chercher ! Un certain nombre de journalistes assistaient à la fête, hier. Pour la plupart, des paparazzi et des chroniqueurs mondains. Vraiment, Sam...
Pourquoi a-t-il fallu que vous ingurgitiez une telle quantité d'alcool ?

— Inutile de revenir là-dessus. Je vous promets que je
n'avalerai plus une goutte d'alcool pendant un bon
moment ! Mais il y a plus urgent : je veux que vous appeliez ma mère immédiatement.

— Pourquoi moi ? riposta-t-elle, indignée. Ce n'est tout de même pas à moi de réparer les dégâts que *vous* avez commis !

— Parce qu'elle va me faire passer un sale quart d'heure et m'accuser de...

— Bien fait pour vous, l'interrompit-elle. Vous l'aurez parfaitement mérité.

A en juger par son expression tendue, il n'appréciait guère la repartie de la jeune femme. Un instant, elle crut qu'il allait riposter, mais il se contint et déclara d'une voix conciliante :

— Je sais, je sais... Mais elle va être bouleversée si je lui annonce la vérité, et je ne supporte pas de la voir souffrir.

Natalie garda le silence, consciente que ce ton repentant et cet air suppliant n'étaient qu'un subterfuge. Sam était très habile à ce petit jeu.

— De plus, elle va s'inquiéter pour vous, continua-t-il. J'entends déjà ses reproches : je vous ai brisé le cœur, je suis un monstre, comment ai-je pu me conduire de la sorte avec une jeune femme aussi délicieuse que vous ? Je devrais avoir honte de moi, et tout, et tout...

Il s'interrompit en croisant le regard accusateur de Natalie.

— D'accord, poursuivit-il d'une voix maussade. Je reconnais que je me suis conduit comme un goujat. Je me suis excusé, Natalie. Combien de fois faudra-t-il que je le répète ?

— Vous vous êtes excusé ? C'est étrange, je n'ai rien entendu. J'ai même cru comprendre que vous me considériez comme responsable de ce regrettable incident.

— Bon... Je vous présente mes excuses. Je suis sincèrement désolé. Et maintenant, je vous en prie, appelez ma mère. Si vous lui parlez, elle comprendra que je ne vous ai pas brisé le cœur. Dites-lui que les journalistes se sont complètement trompés — elle vous croira, j'en suis certain.

Il s'interrompit un instant, puis la défia du regard.

— Vous n'aurez qu'à dire la vérité ! J'ai cru comprendre que je ne suis pas du tout votre genre...

Natalie lui décocha un regard courroucé. Décidément, il n'était jamais à court d'arguments retors pour parvenir à ses fins. Des qualités indéniables pour un brillant chef d'entreprise, mais redoutables pour qui se trouvait en position de victime !

— D'accord, murmura-t-elle avec un soupir résigné. J'appellerai votre mère tout à l'heure.

— Tout de suite, s'il vous plaît.

Pourquoi cet empressement suspect ? Redoutait-il qu'elle change d'avis ? Elle prit une profonde inspiration, puis, sous le regard scrutateur de Sam, s'installa à son bureau et composa le numéro de Mme Erskine. Les tonalités résonnèrent un long moment dans l'écouteur.

— Personne ne répond, déclara-t-elle en déposant le combiné.

Visiblement excédé, Sam se mit à arpenter le bureau à grands pas.

— Où peut-elle bien être ? Je me demande ce qu'elle fabrique. Quand elle a une idée en tête... elle ne perd pas de temps ! Je sens venir la catastrophe ! Si on ne l'arrête pas très vite, d'ici à ce soir, elle aura lancé des dizaines d'invitations et dépensé une fortune. Tout ça pour rien !

« Une catastrophe » ? Il exagérait, tout de même... Un peu vexée par son air alarmé et ses gestes angoissés, Natalie aurait volontiers répliqué, une fois de plus, qu'il n'avait que ce qu'il méritait. Mais elle se retint de lui révéler le fond de ses pensées.

Il était désormais clair que Sam conserverait un mauvais souvenir de l'anniversaire de Johnny. Et, curieusement, cette pensée l'attrista.

3.

Natalie déjeunait tous les jours à 13 heures. Mais quand elle consulta sa montre et déclara d'un ton enjoué qu'il était l'heure de la pause, la réaction pour le moins véhémente de Sam lui suggéra qu'elle devrait renoncer à ses habitudes.

— S'il y a bien une chose que je ne supporte pas au bureau, ce sont les gens qui regardent leur montre en permanence! grommela-t-il. Il faudrait peut-être dire adieu une bonne fois pour toutes à vos habitudes de fonctionnaire!

Courtoise, Natalie choisit d'ignorer la mauvaise humeur de son collaborateur.

— Personnellement, cela m'est égal de déjeuner à telle ou telle heure, répondit-elle d'un ton gracieux. Mais je vous rappelle que vous êtes attendu. Auriez-vous oublié votre rendez-vous avec Hugh Sartfield?

— Il est annulé. Son assistante a téléphoné tout à l'heure. Hugh a les oreillons.

Natalie ne put réprimer un sourire. Elle n'imaginait pas l'homme d'affaires important qu'était Hugh Sartfield terrassé par une maladie infantile.

Irrité par sa réaction, Sam la foudroya du regard.

— Vous ne trouveriez pas ça drôle si vous étiez un homme!

Natalie acquiesça d'un air grave.

— Oui, je sais. Les oreillons peuvent laisser des séquelles assez graves. J'espère qu'il est bien soigné.

— J'ai passé un moment avec lui, la semaine dernière, déclara Sam d'un ton inquiet, en portant machinalement la main à son cou. C'est une maladie contagieuse, non ? Vous savez quelle est la durée d'incubation ?

— Non, mais je peux appeler votre médecin pour le savoir, répondit Natalie en profitant de cette pause pour se lever.

— Je l'appellerai moi-même. Eh ! Où partez-vous comme ça ?

— Je vais déjeuner.

Pressée de saisir l'occasion inespérée qui s'offrait à elle, elle tourna les talons, bien décidée à lui échapper, cette fois-ci. Par malchance, son pied se prit dans le tapis, son genou heurta le fauteuil, et elle trébucha. Pour un peu, elle aurait atterri à quatre pattes sur le sol si Sam ne l'avait retenue. D'une main de fer, il la saisit par la taille et la redressa contre lui.

— Ça vous apprendra à être aussi pressée ! déclara-t-il en éclatant de rire.

Pourquoi ne la libérait-il pas ? Confuse, Natalie sentit son visage s'empourprer. Mieux valait éviter son regard et se dégager au plus vite de son étreinte avant qu'il ne remarque son trouble.

D'un mouvement brusque, elle s'arracha à lui, ajusta rapidement sa jupe... et remarqua que ses collants étaient filés. Une énorme rayure zébrait ses jambes, de la cheville au genou. L'effet était désastreux, constata-t-elle avec agacement. Décidément, rien ne se déroulait simplement, aujourd'hui ! Il lui faudrait courir au magasin le plus proche avant de déjeuner... si jamais Sam daignait lui accorder une pause !

— Zut, marmonna-t-elle, exaspérée.

— Que se passe-t-il ? s'enquit-il, puis il suivit le regard de la jeune femme qui scrutait ses jambes. Ah, vous avez filé vos...

— Je sais, coupa-t-elle sèchement. Puis-je aller déjeuner tout de suite ?

— Bon, d'accord... Mais revenez à 14 heures.

Natalie consulta sa montre. Il était déjà 13 h 10 : elle prendrait une heure complète, que cela lui plaise ou non !

Par chance, une boutique située à quelques mètres des bureaux offrait un grand choix de collants. Deux minutes plus tard, elle quittait la boutique, les jambes gainées de soie neuve, et courait en direction de la cantine qui se trouvait au rez-de-chaussée de la station. Mais une voix l'arrêta dans son élan.

— Natalie !

Le cri avait été prononcé d'une voiture. Plus exactement d'une décapotable rouge vif, qui venait de déboucher dans la rue. Natalie s'immobilisa, et le carré de ses cheveux sombres et brillants balaya sa joue tandis qu'elle tournait la tête vers l'élégante silhouette qui sortait de la voiture. Son cœur se serra dans sa poitrine. Cheveux autrefois noirs, et désormais argentés, visage aux traits racés, vêtements classiques qui adoucissaient les effets de l'âge... La mère de Sam était toujours une très belle femme.

— Bonjour, madame Erskine, dit-elle d'un ton plaisant. Sam a essayé de vous joindre toute la matinée.

— J'espère bien ! Et j'espère aussi qu'il a honte de lui ! Il a fallu que j'apprenne votre futur mariage par les journaux, c'est tout de même un comble ! Il aurait dû m'appeler dès son réveil. J'ai essayé de le joindre, moi aussi, mais il n'a pas répondu.

Malgré son indignation, elle souriait et, pour la première fois, Natalie remarqua ses yeux. Une étrange émotion s'empara d'elle. Deux prunelles d'un gris d'orage très clair, en forme d'amande, et de longs cils noirs... C'était exactement le regard de Sam.

Toute récrimination oubliée, Mme Erskine entoura Natalie de ses bras et l'embrassa sur les joues avec affection.

— C'est merveilleux, Natalie. Si vous saviez comme je suis heureuse! Vous êtes exactement la femme qu'il lui faut. Vous savez, si c'était moi qui avais dû choisir à sa place, c'est vous que j'aurais désignée! Dieu merci, il a fait le bon choix tout seul. Je suis heureuse de constater que ses goûts s'améliorent. Il nous a présenté des jeunes femmes très séduisantes, ces dernières années, mais vous êtes infiniment plus belle.

Natalie sourit. Pourquoi était-elle secrètement touchée par ces compliments? C'était ridicule...

— C'est très gentil de votre part, madame Erskine, mais...

— Je le pense vraiment, ma chérie.

Rouge de confusion, la jeune femme prit son courage à deux mains pour la détromper.

— Merci, mais j'ai bien peur que vous fassiez erreur... Ce n'est pas vrai...

— Mais si, mais si! coupa son interlocutrice. Vous êtes la femme idéale pour Sam. Mon fils est brillant en affaires, peut-être, mais sa vie privée est un désastre. Je commençais à désespérer de le voir fréquenter quelqu'un de convenable. Et voilà qu'enfin, il fait preuve d'un peu de bon sens, c'est un véritable miracle! Nous sommes toujours sous le choc, Jeanie, Marie et moi. Dès le premier jour, nous avons compris que vous feriez une épouse parfaite pour Sam, mais, le connaissant, nous n'osions même pas espérer qu'il aurait la bonne idée de vous demander en mariage! Je suis si heureuse pour vous deux!

Quel enthousiasme débordant... Désemparée, Natalie se demanda où trouver l'énergie nécessaire pour ôter ses belles illusions à cette femme adorable. Elle maudit Sam tout bas, tant était cruelle la tâche qu'il lui imposait.

— Ecoutez, je suis désolée, mais... nous ne sommes pas fiancés, Sam et moi. C'était pour rire, cette nuit.

— Que... Que dites-vous? balbutia Mme Erskine, médusée.

— Nous... nous n'allons pas nous marier.

Jamais Natalie ne s'était sentie aussi embarrassée. Pourquoi diable n'avait-elle pas laissé à Sam le soin d'annoncer la nouvelle à sa mère ?

— Mais... C'était marqué dans le journal, murmura cette dernière.

— Je sais, répondit Natalie avec un soupir. Laissez-moi vous expliquer : des journalistes étaient présents hier soir, et nous avions complètement oublié leur présence. Ils n'ont pas compris que la demande de Sam n'était qu'une mise en scène pour rire...

— Ce n'est absolument pas drôle ! Je viens de passer toute la matinée à organiser une grande réception en l'honneur de vos fiançailles. J'ai passé trois heures au téléphone, entre les amis, les parents, la réservation de la salle, le traiteur, le pâtissier, le fleuriste... et vous m'annoncez que c'est pour rire ! Cela ne me fait pas rire du tout !

— Je suis vraiment désolée.

— Désolée ? Mais de quoi ai-je l'air désormais ?

Sur son visage l'euphorie avait cédé la place à l'accablement.

— Mon Dieu ! Comment vais-je faire ? poursuivit-elle d'une voix blanche. Je n'ai plus qu'à appeler tout ce beau monde pour leur annoncer que... c'était pour rire ! Comment vais-je présenter la chose ? Et qui va payer les sommes que j'ai déjà engagées ? Me voilà dans de beaux draps...

Un élan de compassion submergea Natalie.

— Je vais les appeler moi-même et je leur expliquerai tout. Je le ferai du bureau cet après-midi. Quant à l'argent qu'il faudra débourser... Sam n'aura qu'à payer. Tout est sa faute !

Elle avait prononcé ces mots spontanément, et regretta aussitôt ses paroles. Pourquoi n'avait-elle pu réprimer une note d'amertume dans sa voix ? Intriguée, la mère de Sam la scrutait avec un intérêt nouveau.

— Vous avez raison, renchérit-elle. Mon fils n'aura qu'à réparer les dégâts. Et nous deux, Natalie, nous allons déjeuner ensemble dans un endroit sympathique. Tiens, que diriez-vous du Sea King's Cave, sur le port ? Ils servent de délicieux plateaux de fruits de mer. Nous aurons le temps d'établir la liste des coups de téléphone à passer. Je m'occuperai moi-même des parents et des amis que j'ai prévenus ce matin. Je ne vais tout de même pas vous demander de les appeler à ma place.

— Merci pour votre invitation, je suis touchée. Mais... j'ai bien peur de ne pouvoir accepter. Sam exige que je sois de retour à 14 heures.

Elle consulta sa montre. 13 h 20, déjà ! Elle disposait à peine du temps nécessaire pour se précipiter à la cantine ! Alors, de là à déjeuner tranquillement dans un restaurant en face de la mer...

— Mais nous nous moquons bien de Sam ! répliqua Mme Erskine. S'il vous crée des problèmes, dites-lui de s'adresser à moi ! Je ne vais tout de même pas me laisser impressionner par mon propre fils. Et je sais comment résister à ses caprices, croyez-moi.

Son regard, d'ordinaire doux et souriant, s'était animé d'une lueur belliqueuse — une lueur que Natalie connaissait bien, pour l'avoir souvent vue dans les yeux de Sam. Elle réfléchit un instant. Son patron serait fou de rage si elle ne se présentait pas au bureau à l'heure voulue. Raison de plus pour accepter l'invitation de sa mère...

D'un pas résolu, cette dernière se dirigea vers la voiture et ouvrit la portière du côté passager.

— Montez, Natalie, ordonna-t-elle d'un ton péremptoire.

N'hésitant plus, elle obtempéra aussitôt. Comme la voiture s'éloignait, elle distingua une silhouette familière dans le rétroviseur. Sam... L'expression surprise et angoissée qui se peignit sur ses traits lorsqu'il aperçut la décapotable lui arracha un soupir de satisfaction. Il devait se demander pourquoi elle prenait la poudre d'escampette avec sa mère ! Tant mieux... Un peu d'inquiétude lui ferait le plus grand bien.

Au restaurant, un maître d'hôtel les installa avec courtoisie près d'une baie vitrée d'où l'on apercevait les yachts multicolores, serrés les uns contre les autres. Sur le ponton baigné de soleil, les touristes flânaient, admirant le bleu profond de la mer qui ondulait sous l'œil moqueur des mouettes. Un sourire aux lèvres, Natalie contemplait le tableau avec un sentiment nouveau d'apaisement. Jamais elle n'avait le temps de profiter de ce superbe paysage, ni des excellents restaurants qui faisaient la réputation de la station balnéaire où elle habitait. Du lundi au vendredi, elle était accaparée par son métier à la radio, et le week-end passait à toute vitesse, entre le ménage, la lessive, le repassage... Une vie bien trop monopolisée par le travail, songea-t-elle en goûtant ce moment de détente.

Quelques instants plus tard, un délicieux plateau de fruits de mer trônait devant elles, accompagné d'une coupe de champagne frais qu'elles savourèrent en discutant de choses et d'autres.

— Où habitent vos parents ? s'enquit la mère de Sam. Vous êtes originaire de la région ?

— Oui, je suis née et j'ai grandi à deux pas d'ici. Nous habitions dans la vieille ville. Mais depuis que mon père a pris sa retraite, mes parents se sont installés dans une villa en bord de mer. Mon père passe son temps à jardiner et ma mère adore sa nouvelle maison.

— Vous êtes fille unique ?

— Non, j'ai une sœur aînée, Bethany. Elle a cinq ans de plus que moi. Elle vit à Londres avec son mari et Harry, leur petit garçon de deux ans.

— Si je comprends bien, vous êtes la seule à rester sur place. Vous voyez souvent vos parents ?

— Je leur rends visite toutes les semaines, en général

le dimanche, pour le thé. Mon père et moi allons nous promener avec le chien, puis je passe un petit moment avec ma mère dans la cuisine. Comme ça, je les vois tous les deux séparément.

— C'est une bonne idée, approuva Mme Erskine tandis que l'on débarrassait la table. Voulez-vous un dessert, Natalie ?

— Non, merci. Je n'ai plus faim, c'était délicieux.

— Je suis heureuse que cela vous ait plu. Un café, alors ?

— Volontiers.

Cependant, Natalie ne put réprimer un regard anxieux à sa montre. 14 h 30 ! Sam serait positivement furieux.

— Votre fils va penser que j'ai pris un après-midi de congé, déclara-t-elle, un peu inquiète.

— Détendez-vous, ma chérie ! Nous nous moquons éperdument de ce que pense Sam. Parlez-moi plutôt de vous... Que faites-vous quand vous avez du temps libre ?

— Un peu de sport. Du tennis, de la natation. J'aime lire également. Et quand j'ai vraiment du temps pour moi, je peins.

— C'est vrai ? Comme c'est drôle... Moi aussi ! s'exclama Mme Erskine avec un sourire épanoui. Vous préférez la peinture à l'huile, ou...

— L'aquarelle. Et les esquisses au fusain. Mais je ne suis pas très douée ! C'est juste un hobby.

— Vous peignez dehors ou à l'intérieur ?

— Cela dépend du temps... Mais je crois que je préfère les séances de travail en extérieur. J'adore peindre des paysages, la lumière est plus belle, et j'aime être en plein air. A vrai dire, j'ai déjà peint ici, sur le port. Parfois, je m'installe dans les dunes, derrière la maison de mes parents.

— Vous devez absolument venir dessiner chez nous ! Le jardin est superbe en ce moment. J'ai une maison à Abbotslea, sur la falaise. Elle offre une vue magnifique sur la mer. Je pose souvent mon chevalet au fond du jardin pour croquer des paysages — comme vous, c'est mon sujet préféré. Et j'aime avoir quelqu'un à côté de moi pour peindre. Je serais ravie si vous acceptiez.

— C'est très gentil de votre part. Je...

— Pourquoi ne viendriez-vous pas... samedi prochain ? Vous êtes libre ?

— Eh bien... oui...

Natalie hésita un instant. Comment Sam réagirait-il s'il apprenait cette invitation ? Natalie n'avait jamais entretenu que des relations strictement professionnelles avec lui, et voilà que, d'un jour à l'autre, elle nouait des liens privilégiés avec sa mère. Inutile d'être grand clerc pour deviner qu'il serait hostile à cette idée, étant donné son humeur du moment.

Devant son air préoccupé, Mme Erskine éclata de rire.

— Ne vous occupez pas de Sam ! Son avis n'a aucune importance.

Etonnée, Natalie tressaillit. Comment la vieille dame avait-elle pu lire dans ses pensées ? Sa clairvoyance était déconcertante.

— Vous avez raison, acquiesça-t-elle en se forçant à balayer ses doutes. Je serai ravie de venir. Merci pour votre invitation.

— Parfait ! Venez pour le déjeuner, nous mangerons sous la véranda. Puis nous prendrons nos chevalets — et à nos pinceaux !

— Cela me paraît un excellent programme !

A vrai dire, cette perspective l'enchantait plus qu'elle n'osait l'avouer. Elle n'avait pas eu l'occasion de se consacrer beaucoup à la peinture, ces derniers temps. Ses pinceaux et ses toiles commençaient à lui manquer.

— Avant de nous quitter, il faut que vous me donniez les numéros de téléphone des personnes que je dois appeler, poursuivit-elle. Le traiteur, le fleuriste, etc. Je vais les décommander dès que je serai de retour au bureau.

— Vous êtes sûre que cela ne vous ennuie pas ? Je suis tellement désolée...

Natalie sourit avec sincérité.

— Je vous assure que cela ne me dérange nullement, madame Erskine.

Visiblement rassurée, celle-ci extirpa de son sac un papier griffonné à la main.

— Voilà. Tous les numéros sont inscrits sur la liste. Je ne sais comment vous remercier, Natalie. Vous m'ôtez une épine du pied, si vous saviez !

— Je ferai de mon mieux pour calmer tout ce beau monde ! Et je vous tiendrai au courant.

— Merci, ma chérie. De mon côté, j'appellerai les invités dans l'après-midi. Dire que j'ai déjà prévenu toute la famille ! Je ne sais pas comment je vais leur présenter la chose... Je n'aurais jamais dû m'emballer si vite. Pourquoi n'ai-je pas attendu d'avoir la confirmation de Sam ? J'ai toujours été trop pressée, dans la vie. C'est plus fort que moi, je ne supporte pas d'attendre. Et Sam m'a fait attendre si longtemps ! J'ai tellement hâte de le voir comblé par une femme et des enfants.

Pas de chance..., songea Natalie. Sam paraissait définitivement brouillé avec l'idée du mariage. Pourquoi s'embarrasser avec une épouse et des enfants, alors qu'il profitait sans entrave de sa vie de célibataire, de ses multiples conquêtes, de sa liberté et de son absence totale d'engagement ? Telle était la philosophie qu'il avait toujours professée...

Une demi-heure plus tard, elle regagnait son bureau, le cœur légèrement serré à la perspective de l'accueil que Sam lui réservait. A peine eut-elle frappé deux coups discrets à la porte de son bureau qu'elle l'entendit rugir d'un ton agressif.

— Où étiez-vous donc passée ? Vous vous êtes volatilisée sans prévenir ! Je vous ai vue filer en douce avec ma mère.

Natalie poussa la porte avec circonspection et risqua un regard en direction de la haute silhouette qui se tenait derrière le bureau. Le tableau qui l'attendait dépassait ses craintes. Visage furibond, cheveux noirs en bataille, chemise ouverte, cravate jetée rageusement sur le dossier de son fauteuil... Sam n'avait pas l'air apaisé.

— Nous sommes allées déjeuner ensemble.

— Déjeuner ensemble ? répéta-t-il, comme si cette simple évocation lui paraissait totalement invraisemblable.

— Oui, au Sea King's Cave.

— Au quoi ?

Manifestement, l'idée même d'une rencontre entre Natalie et sa mère était à ses yeux si inconcevable que son esprit d'ordinaire vif semblait totalement engourdi.

— Le Sea King's Cave. Un restaurant. Vous savez, un endroit où l'on s'assied à une table et où l'on mange la nourriture que l'on a commandée, expliqua-t-elle, moqueuse.

— Très drôle !

Comme il esquissait un pas vers elle, elle réprima une soudaine envie de fuir. Tout sauf affronter la proximité troublante de Sam ! Une émotion grandissante l'envahissait, la submergeait même. Etrange... Elle n'avait jamais remarqué, avant ce jour fatidique, à quel point elle était sensible à la présence sensuelle et masculine de Sam.

Fermement résolue à ignorer l'agitation qui s'emparait d'elle, la jeune femme leva la tête et se força à soutenir le regard venimeux de son interlocuteur.

— Drôle ou pas, c'est la vérité. Nous sommes allées dans ce restaurant qui offre une très belle vue sur le port. Nous avons dégusté de délicieux fruits de mer : des huîtres, des langous...

— Je me moque de ce que vous avez mangé ! coupat-il en faisant un pas de plus dans sa direction. Pourquoi avez-vous déjeuné avec ma mère ?

— Elle m'a invitée.

L'espace d'un instant, elle crut qu'il allait la prendre par les épaules et la secouer comme un prunier, tant il paraissait furieux. Quelle folle journée... Depuis trois ans, ils collaboraient sans le moindre heurt, et depuis ce matin, ils ne cessaient de se harceler comme deux ennemis.

— Quand vous a-t-elle invitée? Pourquoi ne m'avez-vous rien dit tout à l'heure?

— J'ignorais ce matin que je déjeunerais avec elle ce midi. Je l'ai rencontrée par hasard.

A ces mots, Sam fronça les sourcils.

— Pourquoi a-t-elle fait ça? murmura-t-il, comme pour lui-même.

— Je ne sais pas. Une impulsion subite, je suppose.

— Vous lui avez dit que nous ne sommes pas fiancés?

— Oui.

La réponse de la jeune femme provoqua en lui un soulagement visible, qui céda bientôt la place à de l'anxiété.

— Comment a-t-elle pris la chose? Elle n'a pas été trop triste?

Déconcertée par le changement d'intonation dans sa voix, Natalie baissa les yeux, pensive. Sam adorait sa mère et ses sœurs et, à en juger par son air angoissé, il s'inquiétait sincèrement pour le moral de sa mère. C'était là un aspect de sa personnalité qu'elle avait toujours apprécié. Elle aimerait épouser un homme aussi préoccupé par le bonheur des siens, pensa-t-elle. Non qu'elle songe à épouser, Sam, évidemment! Il avait tant de côtés insupportables: son caractère impulsif, son autoritarisme forcené, son...

— Natalie? Vous bayez aux corneilles? Je vous ai posé une question! Comment ma mère a-t-elle accueilli la nouvelle?

Arrachée à ses pensées, la jeune femme fixa son regard bleu sur Sam.

— Assez mal, en fait... Elle était très déçue. Elle avait organisé une réception pour les fiançailles.

Sam pâlissait à vue d'œil. Bien décidée à ne lui épargner aucun détail, Natalie poursuivit :

— La salle était déjà réservée. Le traiteur, le fleuriste, les invités : tout le monde était prévenu.

— Oh, non ! soupira Sam, plus accablé que jamais.

— Elle était bouleversée à l'idée de devoir tout décommander.

— Mais elle va le faire, n'est-ce pas ?

Vexée, Natalie scruta ses traits décomposés. Pourquoi ce regard d'outre-tombe et cet air consterné ? Que redoutait-il au juste ? Que sa mère n'annule pas la réception ? Ou qu'il soit obligé d'honorer sa promesse ? Visiblement, cette perspective provoquait en lui un véritable effroi. Blessée, la jeune femme se raidit.

— Qu'avez-vous à me regarder comme ça ? demanda-t-il.

Elle lui décocha un sourire glacial.

— Je vous regardais ? Pardon, je ne m'en rendais pas compte...

— Mmm... Je ne sais pas à quoi vous pensiez, mais pour un peu, vous m'auriez fait peur !

— Pas possible ! riposta-t-elle, acerbe. Un grand garçon comme vous !

Ignorant le sarcasme, il demeura un instant silencieux.

— Ma mère va-t-elle annuler ses réservations ? s'enquit-il finalement. Vous n'avez pas répondu à ma question.

— Eh bien... non.

Il blêmit.

— Comment, non ? articula-t-il d'une voix angoissée. Mais il faut tout décommander ! Appelez-la immédiatement et ordonnez-lui d'annuler. Il est hors de question qu'elle organise cette réception. Et il est hors de question que je me marie, que je me fiance ou que je m'engage à quoi que ce soit !

— Inutile de vous mettre dans un état pareil ! répliqua-t-elle sèchement. La soirée n'aura pas lieu. Votre mère était embarrassée d'avoir à passer ces coups de téléphone. Aussi lui ai-je proposé de m'en charger pour elle.

Elle sortit de son sac le papier griffonné par Mme Erskine et l'agita sous le nez de Sam.

— Elle m'a donné une liste. Je vais devoir consacrer un peu de mon temps de travail à ces coups de téléphone, cet après-midi. Vous n'y voyez pas d'objection, je suppose ? C'est un tel soulagement pour vous.

— Je vois..., coupa-t-il d'un ton froid. Vous vouliez encore me faire marcher. Vous espérez me punir pour ma conduite de cette nuit, n'est-ce pas ? C'est pour cette raison que vous me harcelez depuis ce matin. Etrange... Je ne vous savais pas aussi rancunière, Natalie. Vous n'êtes pas très différente des autres, finalement...

Pour qui se prenait-il, ce rustre ? Révulsée par ses propos plein de morgue, Natalie réprima sur ses lèvres une repartie bien sentie. Prudente, elle opta pour la stratégie du repli.

— Il vaudrait mieux que je me dépêche de passer ces coups de téléphone. Le plus tôt sera le mieux, non ?

— Oui, finissez-en avec cette histoire ! ordonna-t-il d'un ton rogue. Et ne perdez pas de temps. Quand vous aurez terminé, nous pourrons peut-être *enfin* nous mettre au travail !

— Inutile de me parler sur ce ton, riposta-t-elle sans se départir de son calme. Ce n'est pas moi qui...

— Je sais ! C'est moi, le coupable ! Mais j'ai assez payé pour mes bêtises de la nuit dernière, vous ne pensez pas ? Je viens de passer la journée la plus épouvantable de ma vie, alors je vous en prie, épargnez-moi vos récriminations.

A ces mots, une douleur sourde serra le cœur de la jeune femme. Pourquoi prenait-il cette situation au tragique ? Etait-ce une expérience si terrible de se retrouver fiancé avec elle ?

Bah! Elle ne se faisait aucune illusion, de toute façon. Sam avait le mariage en horreur, et même dans le cas contraire, il ne lui serait jamais venu à l'idée de l'épouser, elle! A moins d'être complètement ivre... comme cette nuit. Avec ses tenues classiques, son carré bon chic bon genre et son allure discrète, elle ne correspondait guère aux critères de séduction de son cher employeur. Qu'avait-elle de commun avec des créatures exotiques et pétulantes comme Helen West? Absolument rien.

D'ailleurs, elle ne l'avait pas cru une seconde la nuit précédente. Loin de se bercer d'illusions, elle avait *seulement* tenté de retourner la plaisanterie contre lui...

Bien mal lui avait pris! Car désormais, tout se retournait contre elle.

Elle ne s'était jamais sentie aussi lasse. Parmi l'entrelacs de désirs contradictoires qui l'assaillaient, un vœu impossible la hantait jusqu'à l'écœurement : effacer cette journée de sa mémoire, inverser le cours chaotique des événements — et oublier qu'elle était peut-être tombée amoureuse de Sam Erskine.

4.

La semaine qui suivit ce lundi mouvementé s'écoula avec une lenteur insupportable. Jamais Natalie n'avait trouvé le temps aussi long. Pourtant le travail ne manquait pas. Entre les rendez-vous, le courrier, les coups de téléphone, elle ne savait plus où donner de la tête... mais ne cessait de consulter sa montre avec impatience. Une obsession nouvelle, totalement contraire à ses habitudes. Jamais au grand jamais elle n'avait compté les minutes au bureau...

Mais Sam était d'une humeur massacrante. Il ne lui adressait la parole que par bribes ; du matin au soir, son visage demeurait résolument hostile, et son regard, glacial. Ce changement d'attitude n'avait pas échappé au personnel de la station, qui ne manquait pas une occasion de le commenter.

— Que lui arrive-t-il ? Il a mangé de la vache enragée ? murmurait-on dans les couloirs.

A la cantine, notamment, les conversations étaient animées, et Natalie dut subir les questions indiscrètes d'un certain nombre de ses collègues. Ainsi, au cours du déjeuner de mercredi, Ellie Corkhill, la directrice du service des relations publiques, la soumit-elle à un interrogatoire pour le moins embarrassant.

— Dis-nous la vérité, Natalie. Pourquoi Sam est-il déchaîné, en ce moment ? Il paraît que tu l'as plaqué...

Sans attendre la réponse de Natalie, elle ajouta avec un soupir empreint de tristesse :

— Je le plains. C'est dur à vivre, tu sais.

Un peu confuses, les autres personnes assises à la table détournèrent le regard. Ellie venait de se séparer de son fiancé et parlait en connaissance de cause. Pour chasser la gêne collective, Kay Lincoln, une secrétaire de la production, s'empressa de prendre la parole avec un sourire engageant.

— Pour être franches, Natalie... nous mourons d'envie de savoir ce qui s'est passé. C'est vraiment toi qui as rompu ?

— Rompu ? répéta-t-elle, excédée. Mais vous êtes folles ! Il n'y a jamais rien eu entre nous. Sam avait trop bu, à la soirée de Johnny, et il s'est amusé à faire croire à tout le monde que nous allions nous marier. Le problème, c'est que les journalistes l'ont pris au sérieux. C'est un malentendu, voilà tout.

— Mais alors... Pourquoi est-il de si mauvaise humeur depuis ce jour-là ? poursuivit Kay, l'air suspicieux.

— Je n'en ai pas la moindre idée !

Irritée par l'expression incrédule de Kay, Natalie se leva et prit son plateau.

— Bon, je vous laisse, j'ai du travail.

Sur ces mots, elle quitta les lieux et regagna son bureau. Ces commérages commençaient à lui porter sur les nerfs — d'autant plus qu'elle ignorait la raison de l'exaspération constante de Sam. Peut-être sa mère et sa sœur lui avaient-elles adressé des reproches trop blessants ? La nouvelle de ses fiançailles, suivie aussitôt d'un démenti brutal, avait certainement suscité la colère familiale. Mme Erskine n'avait sans doute pas manqué de sermonner son fils — et ce dernier, furieux, retournait tout son ressentiment contre Natalie.

Il lui en voulait tant qu'il évitait de croiser son regard, alors même qu'ils travaillaient de part et d'autre d'une

68

même table. Par un accord tacite, elle s'abstenait tout autant de le regarder; ils passaient donc la journée à s'ignorer comme de parfaits étrangers. Elle veillait aussi à maintenir une certaine distance entre eux, distance qu'il paraissait soucieux de respecter au centimètre près. Sam avait pourtant l'habitude d'arpenter le bureau à grandes enjambées, comme un lion en cage. Tantôt il s'approchait de Natalie, posait les deux mains sur sa table, et la scrutait d'un air préoccupé; tantôt il s'éloignait au bout de la pièce et s'immobilisait devant la baie vitrée, à la recherche d'une idée. Désormais, il se tenait assis à son bureau, droit comme un i, le visage sombre et fermé, le regard fixe. L'antithèse du directeur plein de vie et d'énergie qu'elle côtoyait depuis trois ans.

Lasse de s'interroger sur les causes de ce revirement, Natalie leva la tête vers l'écran de son ordinateur et se concentra sur son travail, non sans réprimer un profond soupir. Vivement vendredi soir...

Le lendemain, à la cantine, elle préféra s'installer seule plutôt que d'affronter la curiosité de ses collègues. Mais une voix familière la tira de ses pensées moroses.

— Je peux m'asseoir ici, mon cœur?

Surprise, la jeune femme leva les yeux. Johnny se tenait devant elle, un plateau à la main.

— Bien sûr, répondit-elle, avec un sourire ravi.

Subitement, tous les regards féminins ne convergeaient plus que vers un seul point : la table de Natalie. Auprès des jeunes filles, jeunes femmes et femmes mûres qui travaillaient à la radio, l'animateur suscitait un enthousiasme équivalent à celui qui poussait ses innombrables fans à se poster presque nuit et jour devant l'immeuble.

Visiblement enchanté de déjeuner en tête à tête avec Natalie, Johnny versa de l'eau minérale dans son verre qu'il brandit devant lui.

— A ta santé, ma chérie! Tu vois, je suis au régime sec... comme Sam. Tu sais qu'il ne touche plus une goutte d'alcool depuis mon anniversaire?

— Une petite cure d'eau minérale ne lui fera pas de mal, approuva-t-elle d'un ton sentencieux — pour se reprendre aussitôt : quoique... Visiblement, ce régime exerce un effet catastrophique sur son caractère. Il est insupportable depuis lundi et...

Elle se tut brusquement. Mais que lui arrivait-il, bon sang ? Pourquoi fallait-il que ses pensées se portent encore et toujours sur Sam ?

— Il paraît que ton émission était géniale, ce matin, poursuivit-elle. Tu as reçu beaucoup d'appels hors antenne ?

— Une foule ! La ligne était saturée.

Il s'interrompit pour goûter la salade composée qui trônait sur son plateau, et s'aperçut que la jeune femme avait choisi un plat identique.

— Tiens ! Tu as pris la même chose que moi ! Décidément, nous avons les mêmes goûts... Mais, dis-moi, Natalie, tu me dois un dîner en ville. Tu m'avais promis, rappelle-toi. Pourquoi pas ce week-end ? Je connais un endroit très sympa, sur la côte. Un restaurant qui fait aussi boîte de nuit. Ça te dirait ?

Natalie s'apprêtait à lui opposer un refus poli, quand elle croisa le regard de Sam. A quelques tables de la sienne, il prenait un café avec le directeur d'une entreprise locale, venu négocier un contrat de publicité. Aurait-il entendu la proposition de Johnny ? Impossible... Pourtant, le gris de ses yeux n'avait jamais été aussi glacial.

La jeune femme tressaillit. De quel droit cet air désapprobateur et méprisant ? Et qu'avait-il à la toiser de la sorte ? Piquée, elle esquissa un sourire à l'intention de Johnny.

— Avec plaisir ! répondit-elle.

« Es-tu folle, ou quoi ? » se réprimanda-t-elle aussitôt. Les intentions de Johnny étaient pour le moins évidentes, et elle n'avait pas la moindre envie de figurer sur la liste interminable de ses conquêtes. Alors pourquoi accepter un dîner qui créerait un malentendu embarrassant? Tout ça parce que Sam l'avait foudroyée du regard... Ne pouvait-elle demeurer indifférente aux humeurs de son cher patron?

Elle voulut se ressaisir et décliner gentiment l'invitation.

Trop tard. Johnny lui avait pris la main, qu'il porta à ses lèvres en un geste théâtral.

— Natalie, je suis comblé, susurra-t-il. J'ai hâte d'être à demain. Donne-moi ton adresse et je viendrai te chercher... Vers 7 heures, ça ira?

Consciente d'être observée, Natalie dégagea sa paume pour fouiller dans son sac. Elle en sortit un carnet où elle nota son adresse d'une main nerveuse. Puis Johnny glissa dans la poche de son blouson de cuir noir la page qu'elle lui tendait.

Tous les regards étaient fixés dans leur direction, et cet examen presque collectif accentua le malaise de la jeune femme. Les admiratrices de Johnny la considéraient maintenant comme une rivale, mais, curieusement, cette jalousie latente la gênait moins que la surveillance hostile de Sam.

Ce dernier venait de se lever et se dirigeait vers la sortie, escortant son invité. Mais il bifurqua soudain pour s'approcher de leur table.

— Alors? Quoi de neuf? s'enquit-il d'un ton sarcastique.

Rouge de confusion, Natalie trouva le courage de porter un regard furtif sur lui... et le regretta aussitôt. La beauté affolante de Sam la fit tressaillir. Pour recevoir son client, il avait adopté un costume assez formel, gris sombre, qui contrastait avec sa chemise bleue et sa cravate de soie perle. Les mains glissées dans les poches de son pantalon écartaient les pans de sa veste et dévoilaient, en filigrane sous le tissu fin, les muscles fermes de son torse.

71

— Tout va bien, répondit Johnny. Comment pourrait-il en être autrement, puisque je suis en compagnie de Natalie ?

Les yeux baissés, la jeune femme fixa obstinément un point sur le sol carrelé. Sans même apercevoir les traits figés de Sam, sa moue fermée, son regard de glace, elle ressentait la colère et la tension qui émanaient de toute sa personne.

— Nous avons du travail, Natalie, déclara-t-il d'une voix sèche. Rejoignez-moi dans cinq minutes au plus tard.

L'instant d'après, il avait disparu. Le brouhaha s'éleva de nouveau dans la cantine, et Natalie recouvra une respiration normale.

— Il a vraiment un problème, en ce moment ! s'exclama Johnny, un sourire ironique aux lèvres.

Un peu surprise, Natalie l'observa en silence. Que signifiaient ce petit air supérieur et cette expression de triomphe ? Tout à coup, un soupçon se glissa dans son esprit. Johnny avait-il, par hasard, des raisons précises de s'intéresser à elle ? Etait-il en rivalité avec Sam ? Espérait-il le rendre... jaloux ?

Elle chassa bien vite cette pensée. Jaloux, Sam ? Quelle idée absurde ! Il se moquait éperdument d'elle, et Johnny se fourvoyait s'il espérait atteindre Sam par son intermédiaire.

— Je ferais mieux d'y aller avant qu'il ne lance un avis de recherche par les haut-parleurs, déclara-t-elle en se levant. Au revoir, Johnny. Bon après-midi.

— A demain, mon cœur, susurra-t-il avec un regard charmeur.

Le cœur battant, Natalie s'élança dans les couloirs et poussa la porte du bureau de Sam avec une appréhension mal dissimulée. Mais son collaborateur ne parut même pas remarquer sa présence. L'air absent, il leva le nez du dossier dans lequel il était plongé, puis lui indiqua un siège et entreprit de lui dicter un rapport. Le reste de la journée s'écoula dans l'indifférence la plus totale.

Le soir venu, Natalie était à bout de nerfs. L'atmosphère devenait insupportable et elle ne reconnaissait plus son collaborateur. Comment travailler avec cet inconnu plus insensible et froid qu'un mur — un homme qui, pourtant, l'avait fait chavirer dans ses bras, quelques jours plus tôt ? Comment côtoyer, huit heures par jour dans un espace confiné, celui qui avait su éveiller en elle un désir qu'elle ne parvenait pas à chasser de son esprit ?

Le vendredi porta la tension à son comble. En fin d'après-midi, elle était si excédée qu'elle consultait sa montre tous les quarts d'heure. Un geste quasi obsessionnel qui n'échappa nullement à l'attention de Sam.

— Cessez de regarder l'heure comme si vous aviez un train à prendre ! s'emporta-t-il. A moins qu'il ne s'agisse d'un rendez-vous galant ? ajouta-t-il d'un ton suspicieux.

— Et alors ? C'est mon droit !

Elle regretta aussitôt ses mots. D'un bond, Sam avait quitté son siège pour s'approcher d'elle.

— Avec qui ? J'ignorais que vous aviez un petit ami.

— Vous ne m'avez jamais posé la question. Et d'ailleurs, si vous me l'aviez posée, je ne vous aurais pas répondu. Je suis votre secrétaire de 8 heures du matin à 7 heures du soir, mais le reste du temps, je ne vous appartiens pas.

Une lueur menaçante étincela dans les yeux gris de Sam.

— C'est exact. Mais il est 4 heures, et pour l'instant, vous travaillez pour moi. Alors cessez de me parler sur ce ton.

Troublée par la proximité de son torse imposant, de ses épaules puissantes, elle résista pourtant à l'envie de s'écarter de lui, et demeura muette, en proie à une colère grandissante.

— J'espère que vous n'avez rien prévu avec Linklater,

observa-t-il, l'air songeur. A moins que... C'est donc ça que vous machiniez tous les deux à la cantine, hier... Vous le voyez ce soir ?

— Ma vie privée ne vous concerne pas, rétorqua-t-elle sur un ton de défi.

— Si cela doit perturber ma vie professionnelle, si !

— Et en quoi *mon* rendez-vous avec Johnny pourrait-il déranger *votre* vie professionnelle ?

Contre toute attente, Sam parut un instant décontenancé, comme si la question l'avait piqué. Médusée, la jeune femme le considéra en silence. Serait-il vraiment... jaloux ? Non, impossible !

— Pour travailler avec moi, il est impératif que vous conserviez intactes toutes vos facultés mentales, déclara-t-il enfin. Or, Johnny Linklater exerce l'effet inverse sur les femmes : ses conquêtes se conduisent comme de sombres idiotes. A croire qu'il détruit leurs cellules grises !

— Pas les miennes, en tout cas. Je vais très bien, merci, et ma vie privée ne regarde que moi. Alors, occupez-vous de vos affaires ! Et maintenant, pourriez-vous me dicter ce courrier ? Je tiens absolument à quitter le bureau à 5 heures, aujourd'hui.

Cette réponse parut l'exaspérer au plus haut point et la jeune femme se raidit, un peu inquiète. Quels reproches allait-il encore lui lancer à la figure ? Mais Sam retint les propos qui se pressaient sur ses lèvres. Ouf..., songea-t-elle, le cœur battant. A voir son air menaçant, il ne s'apprêtait pas à lui murmurer des mots doux. Un bref instant, ils se défièrent du regard, comme deux adversaires sur le point de se livrer un duel sans merci. Puis Sam lui tourna le dos et commença à lui dicter la lettre, que Natalie nota sans broncher.

Une demi-heure plus tard, elle était enfin libre. Son sac à la main et son imperméable sur le coude, elle s'arrêta un instant sur le seuil du bureau de Sam pour lui lancer un « Bon week-end » faussement enjoué. Toujours aussi aimable, il daigna à peine s'arracher à la lecture d'un dossier, et, sans esquisser l'ombre d'un sourire, grommela deux ou trois mots d'un ton maussade. Son regard morne et dénué d'expression survola la silhouette de la jeune femme, s'attarda sur ses longues jambes...

Que signifiait ce murmure indistinct, au juste? Natalie n'aurait su le dire. Elle nota le mouvement de ses yeux. Ce regard absent paraissait vaguement remarquer qu'elle était un être humain doué d'une paire de jambes. Inutile de prolonger plus longtemps cette inspection! L'instant d'après, elle courait plus qu'elle ne marchait en direction de l'ascenseur. Malgré l'état chaotique de ses pensées, elle s'interrogea sur cet examen machinal. Ce n'était pas la première fois que Sam scrutait ses jambes — la seule partie visible de son anatomie... Pur instinct masculin, trancha-t-elle. Quoique le mot « pur » soit sans doute inadéquat pour qualifier Sam...

La vanité de ces considérations lui apparut au moment même où elle se les formulait. Comment pouvait-elle s'imaginer que Sam fût intéressé par un quelconque aspect de sa personne? Pour lui, elle faisait purement et simplement partie des meubles. S'il avait éprouvé la moindre attirance pour elle, ne se serait-il pas manifesté depuis longtemps? Trois ans après leur première rencontre, c'était un peu tard!

Bien décidée à oublier cette semaine éprouvante, Natalie balaya ces pensées en pressant le pas. Rien de tel qu'une marche rapide pour effacer les tensions! Bien décidée à aborder son week-end avec plaisir, elle longeait le parking de l'immeuble lorsqu'une décapotable noire apparut dans son champ de vision.

Son sourire se figea sur ses lèvres. Pas de doute : la conductrice de ce bolide flambant neuf n'était autre qu'Helen West, plus séduisante que jamais dans une robe rouge qui révélait la peau laiteuse de ses bras, de son dos et de sa gorge mise en valeur par un décolleté généreux. D'un geste nonchalant, elle claqua la portière et se dirigea vers l'immeuble de la station, perchée sur des sandales vermillon à talons aiguilles. Des lunettes noires masquaient son regard de star. Pour un peu, on se serait cru sur la côte d'Azur, à des milliers de kilomètres de leur petite station balnéaire de la côte anglaise.

Tous les hommes présents dans la rue s'étaient figés, les yeux fixés sur cette apparition surréaliste. Avec son imperméable crème, ses sandales à talons plats, ses vêtements classiques, Natalie se sentait bien fade, tout à coup. Pourquoi la maîtresse de Sam se trouvait-elle ici, à une heure pareille? Helen West possédait un cottage à quelques kilomètres de là, mais elle passait la plus grande partie de son temps à Londres. Sans doute venait-elle rendre visite à Sam. Natalie tenta désespérément de se remémorer la liste des rendez-vous qui s'allongeait sur l'agenda de son employeur, ainsi que le programme des enregistrements prévus. Elle ne se souvint pas d'avoir noté le nom de la chanteuse.

Elle poursuivit son chemin d'un pas précipité. Que ne possédait-elle la séduction, la classe et la garde-robe d'Helen West? Si elle se présentait un jour au bureau dans une telle tenue, Sam ne la confondrait pas avec les meubles! Mais pourquoi fallait-il que les hommes soient attirés par ce genre de poupée Barbie droit sortie des pages d'un magazine de mode? Pourquoi fallait-il que Sam...

Par bonheur, la marche rapide dans la brise tiède de cette fin d'après-midi lui remit les idées en place. Inutile de gâcher ce week-end splendide à déplorer les goûts de son collaborateur! Libre à lui de choisir les maîtresses qu'il voulait. Johnny l'avait invitée ce soir, et elle avait bien l'intention de s'amuser.

De retour chez elle, elle s'octroya une longue douche fraîche, puis enfila une robe sans manches, de forme trapèze, de soie sauvage d'un bleu mauve qui s'accordait parfaitement avec ses yeux et mettait en valeur la peau légèrement hâlée de ses épaules et de ses bras. Le tissu moiré s'arrêtait au-dessus du genou, révélant ses jambes longues et fines. Juchée sur de ravissantes mules à talons, Natalie se sentit plus grande et plus confiante, parée pour oublier les épreuves de la semaine. Ses cheveux sombres et brillants formaient un carré parfait, et leurs reflets auburn s'animaient au moindre mouvement. Une touche de mascara, un soupçon de brillant à lèvres, un voile de son parfum préféré, et elle était prête.

Johnny arriva à 19 heures précises. Un Johnny totalement différent de l'ordinaire... Au lieu de son éternelle tenue de cuir noir, il arborait un superbe smoking dont le noir d'ébène contrastait avec le blanc de sa chemise. Un élégant nœud papillon carmin complétait ce costume. Bien qu'inhabituelle sur lui, cette tenue lui allait à merveille.

— Tu es superbe, Johnny, s'exclama-t-elle, sous l'effet de la surprise.

Il sourit, ravi par le compliment.

— Merci, Natalie. Toi aussi, tu es splendide. Quelle métamorphose... C'est gentil de t'être habillée pour moi. Je suis touché.

Pourquoi prononçait-il ces mots sur un ton grave ? Etonnée, Natalie l'observa, sans réagir quand il se pencha pour déposer un baiser solennel sur sa main. Une confusion profonde s'empara d'elle. L'attachement que Johnny lui manifestait serait-il plus sérieux qu'elle le croyait ?

— J'ignorais quelle était ta couleur préférée, ajouta-t-il en saisissant une boîte posée derrière lui, dans le couloir. Alors j'ai choisi le blanc.

Sous l'emballage du fleuriste apparaissait une magnifique orchidée, dont les pétales ivoire dégageaient un parfum merveilleusement capiteux.

— Johnny ! s'exclama-t-elle, ravie. Elle est superbe. Comment as-tu fait pour trouver une fleur pareille ici ?

— Elle arrive tout droit de Floride, ma chère. Du moins, c'est ce que le fleuriste m'a assuré.

— Oh, il ne fallait vraiment pas. Merci, ajouta-t-elle en l'embrassant gentiment sur la joue.

C'était un mouvement instinctif et, par chance, Johnny n'esquissa pas le moindre geste susceptible d'éveiller les alarmes de la jeune femme.

— Je ne voudrais pas te presser, Natalie, mais j'ai réservé une table pour 20 heures, et il faut une bonne heure de route pour aller là-bas.

— Je suis prête !

C'était une soirée idéale pour rouler le long de la côte sinueuse. La tête penchée près de la fenêtre ouverte, Natalie contemplait les flots scintillants de la mer, le vol serein des goélands sur l'étendue marine, les falaises et le littoral tapissé de bruyère pourpre. Le soleil disparaissait lentement à l'horizon, et peu à peu les ombres s'agrandissaient.

La lumière tamisée du crépuscule inondait encore les rochers et la lande quand ils parvinrent au restaurant, situé sur une pointe qui s'avançait dans la mer. De la salle où on les installa près d'une baie vitrée leur parvenait déjà l'écho affaibli de la musique qui résonnait dans la boîte de nuit attenante.

Un dîner délicieux leur fut servi, qu'ils dégustèrent en discutant essentiellement de la carrière de Johnny et de ses projets futurs. De temps à autre, l'animateur posait quelques questions à Natalie, qui crut enfin deviner le véritable mobile de cette invitation.

C'était l'avenir qui terrorisait Johnny.

La star craignait de perdre sa place d'animateur vedette de la station, redoutait une perte d'audience, le déclin de sa popularité. Or, seul Sam possédait la clé de son destin. Le directeur de la radio détenait un pouvoir inouï sur Johnny, dont le bonheur dépendait exclusivement de l'admiration que lui vouaient ses fans et de l'adulation que lui portaient ses auditeurs. Une fois sa carrière terminée, il ne serait plus rien.

Aussi interrogeait-il Natalie sur les projets de son employeur. Quelle grille des programmes Sam projetait-il pour la rentrée ? Avait-il l'intention de continuer à diriger la radio, ou la quitterait-il pour une station plus importante ? Avait-il émis des idées nouvelles pour la programmation ? Que pensait-il de tel ou tel disc-jockey ? Visiblement, Johnny était obsédé par Sam. Sans doute était-ce la seule raison pour laquelle il avait invité Natalie à ce tête-à-tête complice.

La jeune femme répondit avec prudence, sans révéler les secrets de son employeur. Mais elle éprouvait une profonde compassion pour son ami. La lumière du soleil couchant révélait les fines rides autour de ses yeux et de sa bouche. Inutile d'espérer un miracle de la chirurgie esthétique... D'ici à quelques années, Johnny ferait bel et bien son âge. Il avait tellement peur de vieillir ! Certes, les ondes ne se montraient pas aussi impitoyables que les plateaux de télévision : les auditeurs ne voyaient pas l'animateur. Et les photos dédicacées qu'il envoyait par milliers à ses fans dataient d'il y a quelques années déjà. Mais combien de temps saurait-il encore galvaniser une foule d'auditeurs âgés de quinze à vingt-cinq ans ? N'allait-il pas vieillir en même temps que ses fans ? Rien d'étonnant à ce qu'il redoute le verdict des ans...

Après le dîner, ils se rendirent au night-club, distant d'une trentaine de mètres. A leur arrivée, tous les regards féminins se portèrent vers Johnny qui, conscient de devenir le centre de l'attention générale, recouvra soudain son enthousiasme et son punch habituels. Il entraîna aussitôt Natalie sur la piste de danse et la jeune femme essaya tant bien que mal d'oublier qu'elle était aussi devenue, malgré elle, le point de mire de toute la salle. Gênée, elle ne tarda pas à quitter la piste pour s'asseoir à une table. Johnny la rejoignit un moment plus tard.

— Salut, Johnny, déclara soudain une silhouette surgie de nulle part. Comment vas-tu ?

Un peu éberluée, Natalie considéra l'homme qui leur souriait à tous les deux. Veste orange fluo, pantalon vert fluo, chemise argentée, tout était scintillant et fluorescent sur lui ! Son visage ne lui était pas totalement étranger, mais où l'avait-elle déjà rencontré ? Elle n'en avait pas la moindre idée. Il était accompagné d'une très jolie jeune fille aux cheveux décolorés et dressés sur la tête, vêtue d'une courte robe en lamé rose qui révélait une silhouette parfaite.

— Spider ! Je suis content de te voir ! s'exclama Johnny en donnant une bourrade amicale au jeune homme. Ton nouveau single est un petit bijou. Figure-toi que je l'ai fait passer sur les ondes toute la semaine. Tu vas faire un tabac, cet été.

Spider Rex. Natalie reconnut enfin la nouvelle figure montante du rock anglais. Âgé d'une vingtaine d'années, il en paraissait cinq de moins.

— Merci, mon vieux, répondit-il, manifestement ravi du compliment de Johnny.

Le chanteur tressaillit quand sa compagne lui asséna un bon coup de coude dans les côtes — sans doute pour l'encourager à faire les présentations.

— Johnny, voici ma petite amie, Cindy, déclara-t-il d'un ton penaud. Cindy, il est inutile que je te présente le grand, l'unique Johnny Linklater !

L'animateur décocha son sourire le plus charmeur à la jeune fille qui se pencha pour déposer un baiser sur ses lèvres. Sous le regard agacé de Spider, bien entendu.

« Elle est complètement droguée », constata Natalie. Les pupilles dilatées, une expression béate sur le visage, Cindy dut s'appuyer sur l'épaule de Johnny pour ne pas chanceler.

— Tu veux dan... danser ? bégaya-t-elle à l'intention de l'animateur.

— O.K., baby! rétorqua aussitôt Johnny, manifestement fasciné par la nouvelle venue.

Il se tourna néanmoins vers Spider.

— Tu n'y vois pas d'inconvénient?

Le chanteur haussa les épaules.

— Non.

Cindy n'avait pas attendu la réponse de son petit ami pour s'agripper à Johnny et se diriger vers la piste de danse. Elle planait, un sourire d'extase sur les lèvres, et se trémoussait de façon lascive, accrochée au cou du présentateur. Spider observa la scène d'un air tendu, puis parut sur le point de tourner les talons. Mais il s'aperçut enfin de la présence de Natalie qu'il jaugea un instant du regard.

— Vous voulez danser? demanda-t-il, son examen terminé.

— Non, merci. C'est gentil, mais je crois que je vais partir, répondit-elle en se levant. Vous direz à Johnny que j'ai pris un taxi.

Spider la suivit et passa le bras sous son coude.

— Je vais vous reconduire. Moi aussi, je m'en vais.

Ils avaient presque atteint la sortie quand Cindy les aperçut. Aussitôt, elle se précipita vers Spider en vacillant sur ses talons aiguilles.

— Hé, Spider! Où tu vas comme ça? demanda-t-elle en lui tirant le bras.

— Lâche-moi!

— Ah, je vois... Tu pars avec elle!

Soudain, toute la colère de Cindy se déchaîna contre Natalie. Comme une furie, elle s'approcha de son ennemie en déversant un flot d'injures, qu'elle accompagna de mouvements incertains mais violents. Elle levait déjà le bras pour lui asséner une gifle quand elle se retrouva prisonnière de l'étreinte énergique de Spider. De son côté, Johnny avait pris Natalie dans ses bras pour la protéger des attaques de la jeune fille.

C'est alors que le flash leur éblouit les yeux. Natalie se figea, atterrée. Non... tout sauf ça !

La consternation l'envahit. Des paparazzi avaient envahi la salle !

Bouleversée, elle se couvrit le visage avec le bras, tandis que Johnny l'attirait vers la sortie.

— Vite, filons d'ici !

Dès qu'ils furent à l'abri dans la voiture, l'animateur grommela d'un ton maussade :

— Ce n'est vraiment pas de chance ! J'ignorais qu'il y aurait des photographes dans cette boîte. Si j'avais su...

L'air désolé et préoccupé, il se tourna vers Natalie.

— Tu es sûre que ça va ? Tout est ma faute, j'aurais dû prévoir ce genre d'incident. Je vais te reconduire chez toi, ma chérie.

Un instant, elle fut tentée de refuser son offre et de prendre un taxi. Un violent ressentiment l'envahissait. Pourquoi Johnny lui avait-il infligé une telle scène ? Ne pouvait-il pas ménager la susceptibilité de Spider et repousser les avances de Cindy ? Bientôt, cependant, la fatigue eut raison de ses reproches tacites ; plongée dans un profond silence, elle se laissa bercer par le ronron du moteur.

Le ciel était constellé d'étoiles, la lune baignait les flots marins d'un halo vaporeux, les ombres dansaient sur la lande sauvage. Ce tableau était tout simplement idyllique.

C'était un décor de rêve. Mais où se trouvait l'homme de ses rêves ? se demanda-t-elle, soudain abattue.

5.

Le lendemain, un soleil radieux brillait dans un ciel sans nuage. Natalie s'éveilla, l'esprit embrumé, et s'étira paresseusement dans son lit. C'est alors que la scène de la veille lui revint à la mémoire, et elle se frotta les yeux d'un geste las, en proie soudain à une pointe de mauvaise humeur. Pourvu que les journaux du matin n'aient pas publié la photo... Pourvu surtout que Sam...

Plus irritée encore de constater qu'elle pensait déjà à son maudit collaborateur, la jeune femme se leva d'un bond. Le déjeuner au soleil, sur sa petite terrasse, eut raison de son humeur morose, et les dernières traces d'angoisse s'effacèrent dès qu'elle se fut lancée avec frénésie dans le ménage. Une activité salutaire qui lui permit d'être détendue, fraîche et souriante pour se rendre chez Mme Erskine. Après sa douche, elle enfila un jean et un T-shirt blanc, et emporta son matériel de peinture.

La mère de Sam possédait une demeure au bord de la falaise, à quelques kilomètres de la station balnéaire, aux confins d'un charmant petit bourg dont les superbes villas dataient de l'époque victorienne. Un grand parc entourait la propriété des Erskine, abritée des regards par des arbres centenaires. Natalie franchit d'immenses grilles en fer forgé et gara sa voiture sur un emplacement qui paraissait réservé aux visiteurs.

L'esprit serein et le cœur léger, la jeune femme s'engagea dans l'allée qui menait à la maison, entre deux haies de chèvrefeuille. Une véranda se déployait devant l'élégante demeure du siècle dernier, et les grappes de glycine parsemaient d'îlots mauves le feuillage vert tendre qui couvrait la façade. Un gazon fraîchement tondu s'étendait de la véranda jusqu'au petit bois qui semblait clore la propriété. Cette pelouse verdoyante était clairsemée de parterres de fleurs multicolores, de buissons de rosiers et de bouquets parfumés d'arbustes variés. Des senteurs délicieuses planaient dans l'air limpide du littoral.

Parvenue sur le seuil, Natalie esquissa un geste en direction de la sonnette. Mais la vieille porte de bois de l'entrée s'ouvrit aussitôt sur Mme Erskine.

— Bonjour, Natalie, déclara-t-elle avec un sourire radieux. Quelle belle journée !

— Bonjour ! Comment allez-vous ?

— Très bien, ma chérie, malgré la chaleur étouffante. Entrez, et déposez votre matériel ici, dans le hall. Que voulez-vous boire ? Du vin ? Un jus de fruits ? Ou de l'eau ?

— Un jus d'orange m'ira parfaitement, merci.

La mère de Sam l'introduisit chez elle avec courtoisie. Natalie se laissa guider par son hôtesse à travers la somptueuse maison. Avec délices, elle savoura la fraîcheur qui régnait entre les murs épais. Le hall donnait sur une grande cuisine meublée à l'ancienne, dont le sol carrelé avait sans doute été foulé par des générations de petits Erskine. Au fond, une porte vitrée à petits carreaux ouvrait sur un patio d'où l'on apercevait le jardin, constellé de massifs de fleurs et de haies colorées, jusqu'à la falaise surplombant la mer scintillante. Installée sur une chaise en fer forgé, Natalie contempla un moment ce panorama splendide.

— Voilà, ma chérie, déclara Mme Erskine en arrivant avec un grand verre de jus d'orange, où tintaient des glaçons. Le déjeuner est prêt, je vais l'apporter ici.

Natalie déposa son verre sur la table où le couvert se trouvait déjà dressé pour deux personnes.

— Laissez-moi vous aider, protesta-t-elle en se levant.

— Non, non. Pas question ! Tout est prêt. Je n'ai qu'à apporter le plateau. Asseyez-vous !

Elle revint quelques secondes plus tard et déposa sur la table une grande salade composée, un plat de poulet où rissolaient une multitude de petits oignons, une corbeille de pain frais et une bouteille d'eau minérale.

— Mmm... Ça sent bon, déclara la jeune femme. C'est vous qui avez tout préparé ?

— Bien sûr ! Servez-vous, Natalie. Tout est fait maison, ici, même le pain. Vous avez de la chance, la pâte a bien levé aujourd'hui. J'ai parfois un peu de mal à la réussir. Il me faut une bonne colère pour obtenir un bon pain !

— Ma mère dit la même chose ! répondit Natalie en acceptant le plat que son hôtesse lui tendait. Elle passe des heures à pétrir la pâte. Ça la détend.

— C'est ce que j'ai constaté ! rétorqua Mme Erskine avec un rire. Quand j'ai envie d'égorger quelqu'un, je me défoule sur la pâte !

— Si seulement je pouvais faire pareil au bureau, quand Sam est de mauvaise humeur ! murmura la jeune femme avec un soupir.

Elle croisa soudain le regard de Mme Erskine et rougit de confusion.

— Oh, je suis désolée, je ne voulais pas...

— Ne vous excusez pas : je connais parfaitement le caractère de mon fils. C'est une véritable tête à claques, parfois. Déjà tout petit, il était terrible !

— J'imagine...

Sam en petit garçon... Cette seule évocation la plongea dans une rêverie silencieuse. Mais elle s'arracha vite à ces pensées pour le moins déplacées. Sam n'était plus un bambin inoffensif, mais un homme. Grand, fort, et redoutable.

Malgré ses bonnes résolutions, elle ne put s'empêcher d'interroger sa mère.

— Comment était-il, enfant ? J'ai du mal à l'imaginer...

— Je vous montrerai des photos tout à l'heure. Dites-moi, Natalie, cela fait longtemps que vous peignez ?

— Depuis que je suis en âge de tenir un pinceau.

La conversation se poursuivit sur un ton amical, tandis qu'elles achevaient le déjeuner. Toutes sortes de sujets furent abordés, de l'art de préparer les couleurs pour l'aquarelle, au temps de cuisson idéal pour le riz, en passant par le travail de Natalie à la radio... Ce thème les conduisit de nouveau à évoquer Sam et sa passion pour son métier.

Avec consternation, Natalie dut se rendre à l'évidence. Tout ce qui concernait Sam la fascinait littéralement. Aussi s'empressa-t-elle de porter la discussion sur un autre sujet. Car l'idée que Mme Erskine pût découvrir les sentiments qu'elle éprouvait envers son fils la terrifiait.

— Et vous, madame Erskine ? s'enquit-elle d'un ton affable. Avez-vous travaillé avant votre mariage ?

— J'ai rencontré mon mari à l'université. Nous nous sommes mariés quand nous étions encore étudiants, et nous avons vécu d'amour et d'eau fraîche pendant un moment. Puis mon mari a obtenu son poste dans l'armée, et nous avons eu notre premier bébé.

— Sam, balbutia Natalie, comme si elle exprimait tout haut ses pensées.

Sam, toujours et encore ! C'était l'unique objet de ses préoccupations !

Mme Erskine lui sourit d'un air entendu. Natalie tressaillit, alarmée par l'expression de son hôtesse. Pourvu qu'elle n'ait rien deviné...

— Sam, répéta Mme Erskine. Nous avons connu une vie assez mouvementée après sa naissance, nous déménagions sans arrêt, je passais mon temps entre mon fils et les cartons de déménagement. Puis John a quitté l'armée et nous nous sommes installés ici, dans la maison qu'il avait héritée de sa famille. Les deux filles y sont nées. Vous comprenez pourquoi il existe un tel écart entre Sam et ses sœurs : j'étais débordée par notre existence trépidante.

Son visage s'assombrit tandis qu'elle poursuivait, d'une voix plus étouffée :

— Sam avait seize ans quand mon mari a trouvé la mort en montagne, dans l'Himalaya. C'était un homme extraordinaire, débordant d'énergie, qui ne tenait pas en place et n'était heureux que lorsqu'il prenait des risques. Sam a hérité de tous ses traits de caractère, sauf de celui-ci... Heureusement. Mon fils a compris très jeune quelles souffrances on inflige à ses proches quand on met sa vie en danger. Le décès de son père l'a énormément affecté. Très vite, il s'est senti responsable de nous trois. Il s'est beaucoup occupé de ses deux sœurs, vous savez. Les filles l'ont toujours adoré, bien sûr. Surtout quand elles étaient petites. Leur grand frère était un véritable héros. Mais tout a changé à l'adolescence. Sam avait tendance à les traiter comme des petites filles, ce qu'elles n'appréciaient plus du tout.

— C'est normal à cet âge.

— Entre quatorze et dix-sept ans, les adolescentes ne sont pas faciles. Vous imaginez le climat qui régnait à la maison. Jeanie contestait toutes les décisions de Sam : elle hurlait qu'il n'était pas son père dès qu'il ouvrait la bouche. Lui perdait patience, et lui intimait l'ordre formel d'obéir ! Jeanie n'avait qu'à s'exécuter, contrainte et forcée. C'était terrible.

— Moi qui me suis toujours interrogée sur l'origine du caractère tyrannique de Sam, je comprends mieux ! Il a bénéficié d'années entières d'entraînement à la maison... Mais il s'entend bien avec Jeanie et Marie, maintenant, non ?

— La plupart du temps, oui. S'il recommence à abuser de son pouvoir, elles lui tiennent tête, et il n'a plus qu'à s'incliner.

— J'aimerais bien voir ça..., murmura Natalie avec un soupir.

Elle croisa le regard de la mère de Sam, et toutes deux éclatèrent de rire, complices.

Après le repas, elles se dirigèrent au fond du jardin. Le soleil brillait, la brise était tombée. Malgré la proximité de la mer, une atmosphère étouffante enveloppait le parc où régnait un calme profond. Le visage à l'ombre, Natalie s'installa près d'un saule pleureur dont les branches retombaient en corolle sur le gazon. Au fond, la mer se détachait entre les arbres; de temps à autre, de grands goélands venaient planer au-dessus des flots.

Un long moment plus tard, Mme Erskine, qui avait déposé son chevalet à quelques mètres dans les arbres, parut à son côté.

— Puis-je voir ce que vous avez fait? Ou vous préférez attendre que ce soit terminé?

Natalie lui désigna son travail.

— J'ai presque fini. Qu'en pensez-vous? Le saule est un peu flou, non?

Mme Erskine s'avança à côté d'elle, puis considéra le tableau en silence.

— Vous êtes très douée... C'est extraordinaire, déclara-t-elle enfin, une pointe d'admiration dans la voix. Pourquoi n'en avez-vous pas fait votre métier?

— Parce que je n'ai aucun talent particulier, se récria-t-elle, gênée.

— J'aime beaucoup ce tableau. J'aimerais vous l'acheter... Mais je suppose que vous ne serez pas d'accord. Vous savez, j'ai toujours essayé de peindre ce saule, sans jamais atteindre un résultat aussi parfait.

— Je vous l'offrirai dès qu'il sera encadré. En souvenir de cette belle journée. Le déjeuner était délicieux, et vous m'avez accueillie comme une reine.

Mme Erskine rougit de plaisir.

— Merci, Natalie.

— Puis-je voir votre aquarelle, moi aussi ?

— Bien sûr, mais je vous préviens, le résultat est minable. Je n'ai pas votre génie pour assortir les couleurs. Et mes traits ne sont pas aussi précis.

En examinant son œuvre, Natalie comprit aussitôt pourquoi. Les couleurs n'avaient pas séché et se mêlaient indistinctement par endroits.

— Natalie, dites-moi ce qui ne va pas. C'est la proportion d'eau, vous croyez ?

— Eh bien... non, murmura-t-elle, un peu gênée.

Elle hésitait à donner des conseils à Mme Erskine. Malgré sa longue pratique de la peinture, elle ne se sentait guère en position de dispenser des leçons dans ce domaine... Un excès de modestie, sans doute.

— Voyons, Natalie, ne vous gênez pas avec moi ! Je ne me vexerais pas, vous savez.

— Je pense que vous allez trop vite, concéda-t-elle. C'est la raison pour laquelle les couleurs se mélangent. Ainsi, avant de peindre en pourpre les fleurs de la digitale, vous auriez dû attendre que le vert de la tige ait séché. Vos fleurs sont vert rosé, et l'on ne reconnaît pas vraiment la plante originale !

Mme Erskine éclata de rire.

— Vous avez raison ! Je vais trop vite. Je suis toujours si impatiente...

Soudain lasse, elle passa la main sur son front où scintillaient de fines gouttelettes.

— Il fait si chaud, aujourd'hui ! Cela vous ennuie si je vous laisse une petite heure pour faire une sieste ? Mon absence vous donnera le temps de finir votre tableau, et nous prendrons le thé ensuite. Je vous montrerai les photos de Sam.

Embarrassée par cette évocation, Natalie sentit ses joues s'empourprer.

— Bien sûr. Je vous rejoindrai dès que j'aurai terminé.

Mme Erskine la dévisagea avec attention.

— Vous êtes toute rouge, ma chérie. C'est la chaleur, sans doute. Pourquoi n'iriez-vous pas vous baigner? Derrière la haie, plus bas, il y a un ruisseau qui coule vers la mer. Ce n'est pas très profond, mais l'eau est pure et fraîche. Les enfants y jouaient des heures quand ils étaient petits. Venez avec moi sous la véranda, j'irai vous chercher une serviette et un maillot. Vous êtes de la même taille que Jeanie.

— Oh, non... Ne vous dérangez pas. Jeanie n'appréciera sûrement pas que je lui emprunte son maillot. Et...

— Ma fille possède au moins dix maillots de bain, ne vous inquiétez pas! coupa la mère de Sam d'un ton péremptoire.

— Oh, alors... merci. C'est une excellente idée.

Parvenue sous la véranda, la jeune femme attendit Mme Erskine, qui revint quelques instants plus tard avec une serviette-éponge verte et un maillot roulé à l'intérieur.

— Vous n'aurez qu'à vous changer dans la salle de bains, au premier étage. Première porte à gauche. Je vous laisse. A tout à l'heure, Natalie, déclara-t-elle avant de s'éclipser.

La jeune femme retourna devant son chevalet pour donner la dernière touche à son tableau, puis partit enfiler le minuscule Bikini noir que la mère de Sam lui avait prêté. Enroulée dans la serviette, elle longeait déjà la maison pour se diriger vers le fond du jardin quand elle perçut des bruits de pas à l'intérieur de la demeure. Aussitôt, elle s'immobilisa, intriguée. Etait-ce Mme Erskine? Impossible... Les pas étaient lents, furtifs. L'intrus cherchait délibérément à passer inaperçu.

Natalie demeura immobile encore un instant, puis marcha sur la pointe des pieds vers la véranda, déposa la serviette qui l'encombrait sur la table, et se glissa comme une ombre dans la cuisine.

Personne en vue... Pourtant, elle distinguait nettement le son des pas. Aucun doute... La personne qui s'était introduite subrepticement dans la maison entendait opérer avec discrétion. Prudente, Natalie avisa un rouleau à pâtisserie de bois massif, posé sur une étagère parmi les ustensiles de cuisine, et s'en saisit d'une main ferme. Ainsi armée, elle avança en silence dans le hall obscur. La pénombre régnait dans la pièce qui n'était éclairée que par un mince filet de lumière.

Un peu éblouie par le changement de luminosité, Natalie n'aperçut d'abord qu'une forme immobile près de la commode. Un homme de dos, épaules larges, haute stature... Elle considéra avec perplexité son rouleau à pâtisserie qui faisait piètre figure contre un tel adversaire. Néanmoins, bien décidée à ne pas céder à la panique, elle se mit en position d'observation. D'après ce qu'elle pouvait distinguer, l'inconnu était vêtu d'un jean et d'un T-shirt noir. Il s'empara tout d'un coup d'un cadre ancien qui renfermait une photographie de famille. Elle avait remarqué ce cadre en or ciselé, à son arrivée. Une antiquité précieuse. Aucun doute ! L'inconnu était un voleur !

— Posez ça, ordonna-t-elle en s'approchant. Je suis armée. Alors posez ça et sortez d'ici immédiatement !

L'imposante silhouette se figea.

— Posez ce cadre ! répéta Natalie, d'une voix ferme, mais pas trop forte pour ne pas éveiller Mme Erskine.

Toujours de dos, l'intrus reposa la photographie, puis pivota et s'approcha d'un pas. Son visage demeurait dans l'obscurité, et Natalie brandit le rouleau à pâtisserie pour se protéger.

— N'approchez pas, sinon, je vous...

Un pas de plus, et les traits de l'inconnu parurent, à la faveur du mince rai de lumière qui filtrait entre les persiennes closes.

— Sam ! Mais qu'est-ce que vous faites ici ? Pourquoi n'êtes-vous pas entré normalement dans la maison ? Je vous ai pris pour un voleur !

— J'essaie de ne pas réveiller ma mère, figurez-vous ! C'est l'heure de sa sieste !

Comme la jeune femme le dévisageait avec de grands yeux écarquillés, il ajouta d'un ton excédé :

— Et je vous en prie, cessez de brandir ce rouleau à pâtisserie sous mon nez !

Il lui prit des mains l'objet en question, et pénétra dans la cuisine où il remit l'ustensile à sa place habituelle. Natalie lui emboîta le pas, le cœur battant. Sam pivota vers elle... C'est alors qu'il parut remarquer qu'elle n'était vêtue, en tout et pour tout, que d'un maillot de bain à deux pièces. Et quel maillot... Un assemblage de minuscules bouts de tissu, bien trop étroits à son goût, qui masquaient à peine les courbes pleines de ses seins.

Au grand désarroi de la jeune femme, aucun détail de son anatomie n'échappa au regard vigilant de Sam. En silence, il contempla les longues jambes, les cuisses élancées, puis les hanches menues, la taille fine, les seins fermes et les épaules délicates de sa compagne. Cet examen lent et insistant la mit au supplice.

— Je... J'allais me baigner, bredouilla-t-elle, les joues empourprées. Votre mère m'a prêté un maillot de Jeanie... un peu petit pour moi.

Comme si ces explications sur l'origine de sa tenue pour le moins dépouillée pouvaient effacer le regard brûlant qu'il portait sur elle ! Et sur ce maudit Bikini ! pesta-t-elle en son for intérieur.

— Ah... je comprends, souffla-t-il.

Que comprenait-il au juste ? Elle s'interrogea, l'esprit soudain émoussé par le trouble qui la submergeait. Le timbre sensuel de sa voix avait achevé de la décontenancer. Mais il changea soudain d'expression, ses traits se durcirent et une lueur familière scintilla dans ses yeux. Natalie tressaillit. Une colère s'annonçait...

Sam fouilla dans la poche de son jean et en extirpa la page froissée d'un journal, qu'il déplia et tendit devant elle.

— Vous avez vu ça? demanda-t-il d'un ton dépourvu d'aménité.

— Quoi?

Il lui tendit le papier, et ne la quitta pas des yeux tandis qu'elle examinait la page. Une grande photographie occupait presque tout l'espace. Le spectacle désolant d'hier soir, reconnut-elle avec consternation. La scène figée par le photographe donnait une image particulièrement sordide de la réalité. Johnny la retenait avec brutalité, deux mains possessives se trouvaient glissées autour de sa taille, et elle ouvrait la bouche avec une expression de surprise et de dépit. A voir son regard un peu dément, on aurait pu croire qu'elle était sous l'emprise des mêmes drogues que Cindy. En face d'eux, Spider luttait pour retenir cette dernière, dont les traits étaient déformés par la colère.

Atterrée, Natalie leva les yeux vers Sam.

— Vous n'avez pas lu l'histoire, observa-t-il d'un ton sarcastique.

A contrecœur, la jeune femme leva le bras et parcourut la colonne qui accompagnait le cliché.

— Ouf! Ils n'ont pas réussi à savoir mon nom.

Le soulagement l'envahit, mais l'expression glaciale de Sam la fit frémir. Pourquoi paraissait-il aussi furieux? Ces révélations ne comportaient rien de grave ni d'offensant pour la radio, puisque le nom de Natalie ne figurait pas dans l'article.

— Non, mais vous avez vu comment ils vous appellent? gronda-t-il d'un ton menaçant. « La nouvelle petite chérie de Johnny Linklater! »

« La petite chérie de Johnny »! C'était si incongru que Natalie dut réprimer une soudaine envie de rire. Une réaction due à la nervosité, sans aucun doute...

— Vous trouvez ça amusant? se récria Sam, une lueur furibonde au fond des yeux. Vous aimez qu'on vous traite de « petite chérie »?

— Bien sûr que non ! C'est juste le...

— Allez, inutile de nier ! coupa-t-il d'une voix mordante. Vous êtes ravie de vous afficher dans les journaux avec Linklater. Et flattée que tout le monde apprenne que vous êtes sa « nouvelle petite chérie ». Toutes les femmes vont être jalouses de vous, et vous savourez déjà votre triomphe. Je me demande bien ce qu'elles lui trouvent, mais...

— Si elles ne lui trouvaient rien, elles n'écouteraient pas son émission, et vous seriez bien ennuyé ! Vous ne croyez pas que vous êtes un peu contradictoire ? Vous ne cessez de critiquer Johnny, mais vous êtes trop content que son émission atteigne des records d'audience inégalés ! Vous savez comment on appelle ça ? De l'hypocrisie.

— Non : le sens des affaires. J'ai besoin de Johnny pour faire tourner la radio, et mon opinion personnelle n'intervient pas dans ce calcul.

— Belle morale ! Vous n'avez aucun respect pour les personnes qui travaillent pour vous. Vous n'arrêtez pas de critiquer Johnny, de le juger, et de me juger, moi, par la même occasion. Venant de vous, c'est plutôt comique ! On se demande bien de quel droit vous jouez les moralisateurs !

— Toujours en vertu du même principe : je ne veux pas de désordre au travail. Pas de liaisons intempestives, ni de complications au bureau.

— J'ai le droit de fréquenter qui je veux en dehors du travail. Je mène ma vie comme je l'entends — je suis libre, et heureuse de l'être.

— Ne me dites pas que vous avez trouvé du plaisir à cette scène sordide !

Pleine de défi, Natalie tenta de soutenir son regard. Impossible... Mortifiée, elle baissa les yeux. Il avait raison : elle avait détesté l'incident de la veille. Elle se retint pour ne pas rouler le papier en boule et lui jeter le projectile à la figure. Il l'aurait bien mérité ! Mais, prudente, elle déposa calmement le journal sur la table. Mieux valait éviter de s'exposer à une riposte de Sam... D'autant qu'elle ne se sentait guère en confiance, vêtue en tout et pour tout de ce Bikini minuscule.

— Tout est la faute de Johnny, expliqua-t-elle. Cindy — la petite amie de Spider — l'a obligé à danser avec elle. Moi, je préférais rentrer à la maison, et Spider m'a proposé de me raccompagner. Cindy, qui nous a aperçus depuis la piste, nous a fait une scène et a voulu me gifler. Cet épisode navrant, mais dénué de toute importance, n'aurait eu aucune suite si un photographe ne s'était pas trouvé dans les parages.

— Elle l'a obligé à danser avec lui ? Comment ? Avec une arme pointée sur lui ? s'enquit-il d'une voix sarcastique.

Natalie lui décocha un regard irrité.

— Elle l'a pris par le bras et l'a attiré sur la piste.

— Et il a résisté de toutes ses forces, naturellement.

— C'était une de ces gamines qui ont le don de faire craquer Johnny — une Lolita, vous voyez ce que je veux dire ? Les hommes aiment les nymphettes de ce genre, non ? Je ne vais pas vous faire un dessin, vous en savez long sur la question.

— Vous croyez ?

— A en juger par vos conquêtes des trois dernières années, oui. Cette jolie Cindy n'aurait pas déparé parmi elles, avec ses airs de petite fille boudeuse. Mais quelle vulgarité quand elle a sorti ses griffes !

— Tiens, tiens... C'est vous qui faites la morale, maintenant. Vous n'approuvez pas mes choix ?

— Je m'en moque éperdument, murmura-t-elle, les yeux rivés sur le sol.

Si cela lui plaisait de sortir avec des créatures comme Helen West, c'était son problème !

— Je vais nager, décréta-t-elle en se dirigeant vers la véranda.

95

Elle eut à peine le temps de franchir la porte que deux mains se posèrent sur ses épaules et l'immobilisèrent.

— Non, je n'en ai pas fini avec vous.

Quel choc... La pression des doigts de Sam sur sa peau lui fit l'effet d'une brûlure. Un trouble souverain l'envahit. Les joues rouges de confusion, elle baissa les yeux, incapable de soutenir l'éclat de son regard.

— Que se passe-t-il, Natalie ? demanda-t-il d'une voix plus basse, en la scrutant de ses yeux perçants. Pourquoi êtes-vous si nerveuse, tout à coup ?

— Pour rien...

Son mensonge était pathétique, mais pouvait-elle décemment lui révéler la vérité ? Lui dire qu'il suffisait qu'il l'effleure pour que son cœur s'affole, parce que... parce qu'elle était amoureuse de lui ?

— Vous en êtes sûre ?

Son ton ironique prouvait clairement qu'il n'était pas dupe. Pouvait-il savoir... ou deviner... ou même soupçonner ses sentiments ? Cette seule pensée suffit à la consterner. Elle ferma les yeux, terrifiée à l'idée que Sam puisse être conscient de ses émotions stupides et sans espoir. Elle se conduisait comme une petite fille qui s'est amourachée d'un grand ! Comment réagirait-il s'il apprenait la vérité ? Il serait sans doute désolé pour elle — et cette compassion serait la pire des tortures !

— Laissez-moi, balbutia-t-elle, soudain lasse.

Les doigts de Sam desserrèrent leur étreinte, mais ne quittèrent l'épaule de la jeune femme que pour glisser doucement, lentement, sur ses bras nus, suscitant une foule de petits frissons sur sa peau satinée. Puis elles lui entourèrent les poignets et la maintinrent prisonnière.

— Lâchez-moi...

Sa protestation mourut sur ses lèvres. Brusquement, Sam l'attira contre lui. Une vague de désir intense la submergea au contact de son torse musclé, de son ventre plat, de ses cuisses puissantes.

96

— Pourquoi tremblez-vous, Natalie ? chuchota-t-il, les lèvres contre son oreille.

Eperdue, elle résista au désir insensé de tourner la tête pour lui offrir ses lèvres. Tout, sauf lui révéler le trouble souverain qui dominait chaque parcelle de son être !

— Laissez-moi, Sam. Je ne suis pas intéressée par... ça. Trouvez-vous une autre femme !

— Non, c'est vous que je veux.

Sa joue glissa contre la sienne, en une caresse lente et affolante, puis il effleura des lèvres le cou et l'épaule nue de la jeune femme.

— Votre peau est douce et tendre... Et vos jambes sont divines. Je ne me lasse pas de les contempler, au bureau. J'aime votre parfum. Je l'ai toujours adoré. Il flotte dans l'air, même en votre absence, et je n'arrête pas de penser à vous. La nuit, je rêve de vous et votre parfum m'enveloppe encore...

Ces mots susurrés d'une voix sensuelle la plongèrent dans une profonde indignation. Il mentait, bien sûr ! A combien d'autres femmes avait-il tenu ce genre de discours ? S'il imaginait la séduire avec ses poèmes de seconde zone, il se trompait !

— Taisez-vous ! ordonna-t-elle à voix basse, mais d'un ton où perçait son irritation. Sinon, je crie et j'appelle votre mère !

— Eh bien, qu'attendez-vous ? répondit-il, moqueur.

Il ne l'en croyait pas capable ? Elle allait lui prouver le contraire. Natalie ouvrit la bouche pour pousser un cri... Trop tard ! Il avait capturé ses lèvres, anéantissant toute velléité de protestation sous son baiser avide et impérieux. Impatientes, ses mains s'égarèrent dans son dos, puis s'attardèrent sur ses hanches et la naissance de ses cuisses nues. Avec fièvre, elle noua les doigts sur sa nuque, les enfouit dans sa chevelure sombre, puis descendit sur son dos musclé. Avec une passion inouïe, elle le serra contre son corps nu, pressée de le sentir contre elle. Un désir brûlant courait dans ses veines.

— Sam... Oh, Sam, chuchota-t-elle, éperdue.

— Comment ai-je pu attendre si longtemps? Je n'arrive pas à le croire, murmura-t-il d'une voix rauque. Depuis trois ans, je te vois tous les jours, nous partageons le même espace, et j'ai compris seulement cette semaine que je te désirais comme un fou, depuis le début. J'étais bien conscient que j'avais toujours eu un faible pour tes jambes... mais rien de comparable à ce que j'éprouve depuis l'autre jour. Je pense à toi nuit et jour.

Natalie l'écoutait, incrédule. C'était donc la raison de son comportement étrange, cette semaine. Si elle avait pu soupçonner la cause de cette mauvaise humeur persistante...

— C'est à l'anniversaire de Johnny que tout a commencé. Ou le lendemain, quand je t'ai embrassée au bureau, poursuivit-il, perdu dans ses souvenirs, comme s'il se parlait à lui-même. Toi dans mes bras, c'était le bonheur absolu. J'étais si bien! Depuis ce moment fatidique, je n'ai pas cessé de te désirer. Je te veux, Natalie. Tout de suite. Je te désire comme un fou.

Du désir. Son discours avait le mérite d'être clair: c'était tout ce qu'il éprouvait pour elle. Ces mots chassèrent toute confusion dans l'esprit de la jeune femme. Peu à peu, la lucidité lui revenait, et un grand froid s'emparait de son cœur.

— Je te veux, répéta-t-il en plongeant les yeux dans le regard bleu de Natalie. Viens chez moi, dans mon lit, tout de suite. Je ne peux pas attendre. Ici, c'est trop risqué. Change-toi, et je t'emmène.

Eclater en sanglots, hurler, frapper... Natalie n'avait qu'une envie: laisser exploser son désespoir et sa déception. Elle se domina à grand-peine. Cacher ses sentiments, réprimer ses impulsions, n'était-ce pas la seule attitude valable? Elle aurait voulu parler d'amour, il lui parlait de sexe. L'amour demeurait totalement absent de ses propos. Pour lui, elle ne représentait rien — sinon un corps qu'il venait de remarquer. Un corps qu'il utiliserait pour assouvir son désir. Et qu'il abandonnerait comme il avait abandonné les autres.

Bouleversée, elle le fixait d'un air hagard. Son silence lui valut un regard interrogateur.

— Natalie ? demanda-t-il, une pointe d'irritation dans la voix. Natalie, qu'est-ce qui ne va pas ?

Comme s'il se préoccupait d'elle ! Pas une seule seconde, il ne l'avait interrogée sur les sentiments qu'elle éprouvait. Il ne s'était soucié ni de ses pensées, ni de ses émotions !

— Natalie, viens, ma mère va se réveiller, souffla-t-il en se penchant pour lui déposer un baiser dans le cou, comme s'il voulait faire basculer ses dernières résistances.

En vain. Elle résista. Avec difficulté, elle parvint à s'arracher à lui.

— Non.

— Comment, non ? Tu me désires, je le sais.

— Tu ne sais rien de moi, Sam. Rien de mes désirs, encore moins de mes sentiments, riposta-t-elle d'un ton amer. Tu es tellement obsédé par ta propre personne que tu ne vois même pas les êtres humains qui t'entourent. Alors, de là à savoir ce qu'ils ressentent !

Le coup porta. Les traits de Sam se figèrent, puis il ouvrit la bouche pour parler, mais elle ne lui en laissa pas le temps.

— Jamais je ne me donnerai à toi, Sam. Je ne pourrais plus me regarder dans la glace, si j'acceptais de coucher avec quelqu'un qui me considère uniquement comme un objet.

Sam parut totalement ébranlé. Sans articuler un son, il la fixa d'un air incrédule. Mieux valait tourner les talons avant qu'il ne soit remis de ce choc... Natalie se précipita dans la cuisine, puis monta au premier étage pour se changer, les mains encore tremblantes d'émotion. Le son d'un moteur de voiture lui parvint du dehors. Sam était parti. Peut-être pour se consoler avec Helen West, songea-t-elle, amère. Puis elle se ressaisit : il ne méritait même pas qu'elle soit jalouse.

Elle s'approchait de la porte d'entrée quand Mme Erskine parut en haut de l'escalier, drapée dans un peignoir bleu, les yeux ensommeillés.

— C'était Sam ? interrogea-t-elle en réprimant un bâillement discret. Que voulait-il ?

A ces mots, Natalie retint un fou rire nerveux. Ce que voulait Sam... Cette pensée lui déchirait le cœur.

— Ma chérie, que se passe-t-il ? s'enquit Mme Erskine d'un ton alarmé. Vous vous êtes querellée avec lui ?

Natalie refoula les sanglots qui lui serraient la gorge.

— Je suis désolée, je dois partir, madame Erskine. J'ai passé une journée merveilleuse, mais... il faut que je vous quitte. Je vais récupérer mon matériel de peinture, et je file.

La vieille dame parut sur le point de lui poser une question, mais Natalie ne lui en laissa pas le temps. Comme un automate, elle courut chercher son matériel, embrassa son hôtesse, la remercia avec un sourire contraint, puis se précipita dehors. Tout, sauf pleurer devant la mère de Sam... Debout sur le perron, cette dernière la considérait d'un air songeur. Natalie se retourna une dernière fois pour lui faire un signe, puis se précipita dans sa voiture.

Chez elle, à l'abri dans son studio, elle laissa enfin libre cours aux sanglots qui oppressaient son cœur meurtri.

6.

Le lendemain matin, le temps était à l'image de l'humeur de Natalie : gris et brumeux. Abattue, la jeune femme demeura longtemps enfouie sous sa couette, incapable de se rendormir, incapable de se lever, incapable de lire... Elle ne pouvait chasser Sam de ses pensées.

Pourquoi avait-il fallu qu'elle lui joue la comédie, le lendemain de l'anniversaire de Johnny ? Pourquoi lui avoir fait croire, en arborant la chevalière des Erskine à son doigt, qu'elle se tenait pour réellement fiancée à lui ? Sans cette idée stupide, Sam ne l'aurait jamais embrassée ; il ne se serait jamais aperçu qu'elle lui plaisait, et il n'aurait jamais conçu de projets plus ou moins douteux à son égard. Envolés, les épreuves de la semaine dernière et l'épisode pénible de la veille...

A quoi bon réécrire l'histoire ? Le mal était fait, désormais. Elle était amoureuse de Sam, et cette découverte avait bouleversé sa vie. Comment l'avenir s'annonçait-il ? Pouvait-elle décemment continuer à travailler pour lui ? Elle secoua la tête avec amertume. Pourquoi le nier ? Si elle ne démissionnait pas sur-le-champ, son existence se muerait en véritable cauchemar. Comment pourrait-elle entrer dans le bureau de Sam, marcher, parler, discuter avec lui, si, dans leur mémoire à tous les deux, demeurait gravé le souvenir de ce qui s'était passé la veille ? Elle le connaissait trop pour se bercer d'illusions : il ne renoncerait pas à son projet. Tenace, déterminé, têtu... quand Sam désirait quelque chose, il était prêt à tout pour l'obtenir.

Or il la désirait, elle. Dans ces conditions, où puiserait-elle la force de lui résister ? Elle était douée d'un caractère volontaire, certes, mais Sam disposait d'un allié précieux : son propre corps. Il suffisait qu'il l'effleure pour qu'elle perde toute lucidité et cède aux exigences du désir insensé qu'il éveillait en elle. Le respect de soi, la raison, le bon sens... elle oubliait tout dans ses bras. Ne se trouvait-elle pas, désormais, totalement à la merci de Sam ?

La gravité de sa situation lui apparut dans toute son horreur. Démissionner. C'était vraiment la seule solution. Elle ne pouvait continuer à côtoyer l'homme qu'elle aimait en sachant qu'il n'éprouvait absolument rien pour elle — en redoutant à chaque instant qu'il devine ses sentiments et en profite pour tirer parti de la situation. Mais était-ce plus tolérable de vivre séparée de lui, de songer à lui sans relâche et de ne pouvoir jamais l'oublier ? Cruel dilemme...

La journée s'écoula comme un mauvais rêve. Elle ne put se résoudre à prendre une décision, erra comme une âme en peine dans son studio, incapable de lire ou même de regarder la télévision. Ses parents étant partis à Londres rendre visite à sa sœur, elle ne disposait même pas de ce prétexte pour sortir et se changer les idées. Toute la journée, elle demeura cloîtrée chez elle. La nuit tomba, la pénombre envahit la pièce : minée par le chagrin et l'incertitude, elle n'avait toujours pas fait son choix.

Le cauchemar parut s'aggraver le lendemain matin, quand elle s'éveilla avec un mal de tête lancinant et 39° de température. Sans doute avait-elle attrapé une mauvaise grippe... Elle tenait à peine sur ses jambes et il était inutile de prendre le risque de contaminer tous ses collègues. Aussi s'empressa-t-elle de transmettre un message à la station pour prévenir Sam de son absence, avant de se laisser choir sur son lit, épuisée.

102

Une heure plus tard, sa température frisait les 40°, et elle se sentait si mal qu'elle appela le médecin. Ce dernier arriva presque aussitôt. Un quart d'heure plus tard, le diagnostic était établi.

— Vous avez les oreillons.

— Les oreillons? Je croyais que c'était une maladie infantile.

— Détrompez-vous, les adultes peuvent aussi contracter cette infection. Soyez très prudente, les symptômes peuvent être violents. Je vous prescris un arrêt de travail. Quinze jours pour commencer, puis je vous réexaminerai. Vous devez impérativement rester au lit et boire beaucoup. Quelqu'un peut-il venir s'occuper de vous? Il faudrait aller chez le pharmacien acheter les médicaments. Ou préférez-vous que j'appelle une infirmière?

Elle secoua la tête.

— Mes parents habitent tout près d'ici. Je vais leur téléphoner.

— Parfait. Venez me voir dès que vous tiendrez sur vos jambes, nous ferons le point.

Sur ces mots, il se leva et prit congé. Natalie avala un grand verre d'eau, puis appela ses parents. Personne ne répondit. Elle leur expliqua sa situation sur le répondeur, avant de se remettre au lit. Sa dernière pensée avant de sombrer dans un sommeil profond fut que la maladie avait tranché pour elle... Elle n'avait pu se résoudre à prendre une décision, hier, mais tout s'arrangeait. Elle n'aurait pas à affronter Sam les quinze jours prochains.

Ce fut l'appel insistant de la sonnette, à sa porte d'entrée, qui l'éveilla. Un instant, elle crut qu'elle était victime d'une illusion, mais le bruit persista. Qui pouvait bien lui rendre visite? Ses parents, bien sûr, songea-t-elle en recouvrant ses esprits.

Aussitôt elle enfila, sur le T-shirt qui lui servait de chemise de nuit, son peignoir en éponge bleu roi, glissa ses pieds dans les vieilles ballerines qui lui tenaient lieu de pantoufles, et se dirigea vers la porte, les cheveux en désordre. Machinalement, elle ouvrit la lourde porte de bois...

Et faillit la refermer aussi sec! Mais ses réflexes étaient quelque peu émoussés par la fièvre, et Sam en profita pour s'introduire chez elle.

— Natalie, ne prenez pas cet air outré : je veux juste vous parler. Nous pouvons tout de même avoir une conversation d'adultes, non?

Natalie haussa un sourcil. Son employeur était revenu au vouvoiement. Signe qu'il souhaitait reprendre ses distances, sans doute...

— Allez-vous-en! rétorqua-t-elle. Je me sens trop mal pour avoir une discussion avec vous!

Pour toute réponse, il s'avança d'un pas et prit soin de claquer la porte derrière lui.

— Elle tombe à point, votre maladie, vous ne trouvez pas? répondit-il en la regardant droit dans les yeux. Samedi, vous étiez en pleine forme, vous vous apprêtiez même à faire trempette dans l'eau glacée du ruisseau, et ce matin, vous prétendez que vous êtes souffrante. Visiblement, vous m'en voulez pour ce qui s'est passé l'autre jour, et vous vous vengez par votre absence au bureau.

— Si vous êtes venu pour me passer un savon, je...

— Non, je suis là pour me réconcilier avec vous, coupa-t-il avec précipitation. Je ne veux pas me fâcher avec vous, Natalie. Vous êtes la meilleure assistante que j'ai eue depuis des années, et j'ai besoin de vous au bureau. Alors voilà... je m'excuse. Je suis désolé pour ce qui s'est passé hier. Sincèrement, ajouta-t-il avec un sourire ravageur.

Malgré son état de faiblesse, l'indignation la submergea. C'était donc tout ce qu'elle représentait pour lui? Une bonne collaboratrice? Et il redoutait seulement d'avoir mis en péril leur relation de travail! Pouvait-il soupçonner le mal qu'il lui avait fait?

— Partez, je vous en prie..., balbutia-t-elle, soudain prise d'un vertige.

La tête lui tournait, ses jambes la trahissaient, elle ne distinguait plus très bien les traits de Sam et se moquait bien de lui, désormais... Chancelante, elle tourna les talons, se débarrassa de son peignoir qu'elle jeta au pied de son lit, et s'enfouit sous la couette. Les yeux fermés, elle se laissa envelopper par le silence et l'obscurité.

Un moment plus tard, elle s'aperçut qu'une main fraîche était posée sur son front. Les doigts de Sam descendirent sur sa tempe et effleurèrent doucement sa joue.

— Vous avez une de ces fièvres ! l'entendit-elle déclarer d'une voix anxieuse. Vous êtes réellement malade. Si c'est une grippe, elle est sévère.

— Pas la grippe. Les oreillons, balbutia-t-elle, à bout de forces.

— Une maladie de gosse ! Cela ne m'étonne pas de vous, bougonna-t-il. Parfois je me demande quel âge vous avez.

Il rabattit un peu la couette pour examiner le visage de la jeune femme, et effleura de nouveau ses joues et sa nuque. Elle le laissa faire, épuisée, les yeux toujours clos.

Les doigts de Sam avaient quitté son visage. Elle entendit des bruits de pas qui s'éloignaient, s'arrêtaient un instant, puis s'approchaient de nouveau. Sans ouvrir les yeux, elle inspira profondément et tenta de calmer les battements désordonnés de son cœur. Un doigt très doux caressa sa joue, puis s'attarda sur la courbe de ses lèvres. Aussitôt, la jeune femme ouvrit les yeux, atterrée par l'ampleur du trouble qui s'emparait d'elle. Sam la dévisageait d'un air grave, et elle détourna la tête, pressée de se dérober à cet examen inquisiteur.

— Vous avez pris quelque chose pour vous soigner ? s'enquit-il d'une voix autoritaire.

— Oui. Un cachet d'aspirine, à mon réveil.

— A 7 heures ?

Elle acquiesça d'un signe de tête, puis regretta aussitôt ce mouvement qui raviva la douleur dans son crâne.

— Et vous n'avez rien pris d'autre depuis?

— Non, souffla-t-elle. Je vous en prie, laissez-moi seule. Allez-vous-en.

Loin d'obtempérer aux ordres qu'elle murmurait d'une voix peu assurée, il glissa les mains sous ses épaules et l'installa en position assise.

— Tenez, avalez ça, ordonna-t-il en lui tendant un verre rempli d'un liquide effervescent.

Examinant les bulles d'un air suspicieux, elle garda la bouche obstinément fermée.

— Natalie! poursuivit-il avec un soupir. Ce n'est pas du poison! C'est de l'aspirine effervescente. Pour faire tomber la température.

Trop faible pour s'opposer aux décisions de Sam, elle obtempéra et but le médicament. Penché tout près d'elle, il surveillait les opérations avec attention. Elle sentait son souffle sur son front, son regard gris fixé sur elle... L'espace d'un instant, elle faillit se laisser aller au désir fou de l'attirer contre elle, d'enfouir son visage au creux de son épaule. Elle cilla, agacée. Décidément, la fièvre lui jouait des tours!

— Ne vous approchez pas. Vous allez attraper les oreillons, murmura-t-elle, sans oser le regarder.

Les lèvres de Sam effleurèrent sa joue avant de glisser vers son oreille. Un frisson délicieux la parcourut.

— Trop tard, chuchota-t-il. Je sais déjà qu'il est dangereux de vous approcher de trop près.

Un léger vertige brouilla la vision de la jeune femme. Que voulait-il dire, au juste? Il se moquait d'elle? Mais pourquoi cette intonation sérieuse...?

— C'est le médecin qui vous a prescrit ça? s'écria Sam en agitant l'ordonnance du médecin sous son nez. Je file à la pharmacie. Donnez-moi les clés de votre appartement, vous êtes trop fatiguée pour vous lever une deuxième fois.

Elle secoua faiblement la tête.

— Merci, mais ce n'est pas la peine de vous déranger. Ma mère ne va pas tarder à passer. D'ailleurs, vous feriez mieux de partir avant qu'elle n'arrive.

— J'aimerais bien faire sa connaissance. Vous ne m'avez jamais parlé de votre famille.

— Vous avez vous-même décrété qu'il n'était pas question de mélanger vie privée et vie professionnelle.

— Nous ne sommes pas au bureau, rétorqua-t-il avec un sourire qui la fit chavirer. Vous ressemblez à votre mère ?

— Un peu. Physiquement surtout. Ma sœur lui ressemble plus par le caractère.

— J'en déduis qu'elle n'est pas aussi tête de mule que vous. Dites-moi, est-elle aussi ronchon quand elle est malade ? rétorqua-t-il d'une voix moqueuse.

Natalie le foudroya du regard, puis s'enfonça sous la couette et se tourna sur le côté, comme pour dormir. Mais elle continuait à l'observer du coin de l'œil. Pourquoi fallait-il qu'il soit si beau, si élégant dans son costume de lin beige qui mettait en valeur sa haute silhouette et ses larges épaules ? Le soleil jouait dans sa chevelure de jais, accentuait l'aspect doré de sa peau et scintillait dans son regard gris.

— Vous avez déjeuné ? demanda-t-il.

Natalie fit mine d'émerger de la couette pour répondre à sa question.

— Non.

— Il faut que vous mangiez, sinon vous n'aurez pas assez de forces pour lutter contre la maladie.

— Je n'ai pas faim.

— Moi, si. Et vous, vous devez manger ! Un petit plat léger ne vous fera aucun mal.

— On dirait ma mère, riposta-t-elle, irritée.

— Eh bien, j'ai hâte de faire sa connaissance. Visiblement, nous nous entendrons bien.

Sam, rencontrer sa mère ? Cette seule idée la fit frémir. Rien n'échappait au regard perspicace de Mme Craig. Et, sitôt Sam parti, Natalie se verrait obligée de lui soumettre un rapport complet de la situation...

— Surtout, ne vous sentez pas obligé de rester ici, répondit-elle. Vous n'avez qu'à retourner déjeuner à la radio.

— Vous avez de quoi manger ?

— Ne vous inquiétez pas pour moi, ça ira.

D'un bond, il se leva et gagna la cuisine minuscule, où elle l'entendit ouvrir le réfrigérateur et les placards.

— Qu'est-ce que vous faites ? demanda-t-elle en s'asseyant sur son lit.

Un sourire réjoui aux lèvres, Sam reparut pour ôter sa veste et la déposer sur une chaise.

— Que diriez-vous d'une omelette ? Vous avez des œufs, du fromage, des tomates et de la salade. Je vous laisse choisir : omelette au fromage ou aux tomates ?

— Je n'ai pas faim ! s'écria-t-elle en se levant d'un bond. Dois-je employer les grands moyens pour vous mettre dehors ? Partez, s'il vous plaît. Je suis assez grande pour me débrouiller toute seule.

Ce petit éclat aurait eu beaucoup plus d'impact si elle n'avait pas trébuché en s'élançant hors du lit... L'instant d'après, elle se trouvait dans les bras de Sam qui, prévoyant la chute, s'était précipité vers elle. Le nez enfoui dans la chemise de son compagnon, elle sentit deux bras puissants se refermer sur elle. L'espace d'une seconde, elle crut entendre les battements du cœur de Sam et se blottit contre lui, savourant la chaleur de son étreinte. Toute colère l'avait abandonnée. Elle était si bien, au creux de ses bras...

Avec des gestes doux, il la borda sous la couette. Une étrange sensation envahit la jeune femme. C'était si doux d'être dorlotée... Mais à quoi bon se leurrer ? Jamais ces instants de grâce ne se reproduiraient. Sam veillait sur elle dans un but bien précis : que sa précieuse secrétaire recouvre très vite la forme pour reprendre le travail !

Il se redressa et s'éloigna sans un mot. Un peu anxieuse, Natalie le suivit des yeux. Allait-il partir ? Non, il se dirigeait vers la salle de bains, d'où il ressortit avec un gant de toilette et une serviette. Puis il revint s'asseoir au bord du lit et déposa délicatement le gant de toilette humide sur le front et les joues de la jeune femme. Une sensation de fraîcheur exquise gagna Natalie qui ferma les yeux, soulagée de sentir la fièvre refluer.

— Alors, cette omelette ? Fromage ou tomate ? demanda-t-il.

— Tomate, concéda-t-elle, lasse de lui résister.

A quoi bon lutter, quand ses yeux gris la scrutaient avec une lueur énigmatique et infiniment troublante ? A quoi pouvait-il penser, à cet instant même ? Jamais elle n'avait vu une telle expression dans son regard. Pour un peu, elle y aurait lu... de la tendresse.

Tendre, Sam ? L'homme qu'elle connaissait était impétueux, vif, dynamique, dur, intelligent, passionné — mais tendre et prévenant ? Certainement pas. Pourtant, il déployait une patience d'ange depuis son arrivée — patience d'autant plus méritoire qu'elle n'ignorait pas à quel point elle pouvait se montrer désagréable quand elle était malade. Sa mère le lui avait souvent reproché. Mais cela n'avait pas l'air d'exaspérer Sam qui paraissait plutôt s'en amuser.

— Vous avez des fines herbes pour assaisonner l'omelette ? demanda-t-il en se levant.

— Oui, près de la cuisinière.

Quelques minutes plus tard, une délicieuse odeur flottait dans l'appartement, et Sam revint avec un plateau qu'il déposa sur la table de chevet. Mise en appétit, la jeune femme se hissa dans son lit, tandis que Sam lui installait les oreillers derrière le dos. Puis elle accepta le plateau qu'il déposa devant elle. Lui-même s'installa au bout du lit, son assiette posée sur ses genoux.

— Mmm... c'est bon ! s'exclama la jeune femme, dès la première bouchée.

— Je sais, rétorqua-t-il, manifestement satisfait. J'ai la chance d'avoir été à très bonne école. C'est une de mes petites amies qui m'a donné des cours. Une Française qui travaillait dans un grand restaurant. Elle détestait faire la cuisine en dehors de ses heures de travail !

Natalie lui décocha un regard incrédule.

— C'est vrai, cette histoire ?

— Oui.

— Vous faisiez la cuisine pour votre petite amie ? Je n'arrive pas à le croire.

— Disons que c'était un échange de bons procédés. Elle m'a appris à cuisiner, et moi, je lui ai appris une ou deux choses...

Ils échangèrent un sourire complice. Pourtant la pensée de ce qu'il avait pu enseigner à cette Française ne lui donnait pas précisément envie de rire...

— Elle était belle, je suppose ? s'enquit-elle d'un ton un peu acide.

— Quelle voix vous avez ! Vous avez un chat dans la gorge, ou quoi ? déclara-t-il en se levant pour emporter le plateau.

Il revint quelques secondes plus tard et continua à débarrasser.

— Oui, si j'ai bonne mémoire, Isabelle avait beaucoup d'allure, poursuivit-il d'un ton détaché. Une grande brune qui avait toujours l'air de sortir d'un magazine de mode. Ses jambes n'étaient pas aussi parfaites que les vôtres, mais elle n'était pas mal du tout. Et après quelques leçons, ma foi, elle était... tout à fait au point.

Natalie lutta pour ne pas lui décocher une repartie bien sentie. Surtout, ne pas lui révéler l'irritation sourde que ces mots suscitaient en elle.

— Vous aviez quel âge ? demanda-t-elle d'un ton faussement dégagé, tandis qu'il retournait dans la cuisine.

La véritable question aurait été : cette Isabelle était la combientième de la liste ? Et d'ailleurs, combien y avait-il exactement de femmes sur cette liste ? Question intéressante... Mais jamais, non jamais, elle ne la lui poserait !

— J'étais encore à l'université. C'est là que je l'ai rencontrée, reprit Sam de la cuisine où il avait entrepris de faire la vaisselle. Elle était venue pour apprendre l'anglais. Elle avait dix-huit ans, moi, dix-neuf. Cela fait déjà un bon bout de temps !

— Effectivement, si vous n'aviez *que* dix-neuf ans, répliqua-t-elle, acerbe.

Intrigué par le ton de sa voix, il parut dans l'embrasure de la porte et la scruta d'un air amusé, puis reprit la vaisselle.

— Décidément, vous êtes d'une humeur massacrante aujourd'hui. Mais je suis heureux de constater qu'il ne reste pas une miette dans votre assiette. Dommage que vous n'ayez pas de vin... Remarquez, vu votre état, le jus d'orange est plus recommandé.

— Pour vous aussi, non ? répliqua-t-elle, sarcastique.

— C'est fou ce que vous pouvez être langue de vipère, déclara-t-il en revenant sur le seuil de la pièce, un torchon à la main. C'est drôle, je n'avais jamais remarqué ce trait de votre caractère.

— Vous n'avez jamais fait attention à moi, murmura-t-elle.

— Si, détrompez-vous.

Tiens, tiens... et qu'avait-il noté ? Elle le lui aurait volontiers demandé, mais elle réprima les mots qui se pressaient sur ses lèvres. Il se tut, délibérément. Par pur plaisir de la faire enrager, songea-t-elle, irritée.

— Bon, je vais aller chercher les médicaments. Votre mère ne semble pas pressée de venir à votre chevet. Voulez-vous que je l'appelle ?

— Je vais le faire, décréta-t-elle en se redressant pour se lever.

Deux mains puissantes la repoussèrent aussitôt au fond de son lit.

— Non. Vous ne bougerez pas d'ici.

Elle lui décocha un regard furibond.

— Cessez de me donner des ordres ! Nous ne sommes pas au bureau.

— Ne faites pas l'idiote, Natalie, répliqua-t-il posément. Vous êtes malade. Soyez raisonnable, restez au lit et reposez-vous. Où sont vos clés ?

— Dans mon sac à main, sur la table.

Il prit le sac et le lui tendit.

— Donnez-les-moi. Voulez-vous que je vous rapporte autre chose ? Du lait ? Des fruits ?

— Merci, je crois que j'ai assez mangé, murmura-t-elle d'une petite voix, tout en cherchant les clés dans son sac.

Elle lui tendit enfin le trousseau.

— Je ne serai pas long. Profitez de mon absence pour faire une sieste, et surtout n'essayez pas de vous lever. Vous m'entendez ?

Sans répondre, Natalie se laissa glisser sur le côté et se pelotonna sous la couette. Un instant plus tard, elle entendit la porte se refermer derrière lui. Tout alors lui parut beaucoup plus irréel. N'avait-elle pas rêvé ? Sam l'avait-il réellement soignée, nourrie, dorlotée ? Impossible...

Elle était perdue dans ses pensées quand le téléphone sonna. Aussitôt elle se précipita hors du lit et décrocha le combiné, un peu essoufflée par cet effort brusque.

— Nat ?

C'était la voix de sa mère, inquiète.

— Maman ? Où es-tu ?

— A la maison. Nous venons de rentrer et nous avons trouvé ton message. Comment vas-tu, ma chérie ? Les oreillons ! A ton âge, c'est une maladie redoutable. Tu as de la fièvre ?

— Oui. Mais je me sens un peu mieux que ce matin.

— Il faut te reposer, rester au lit et boire beaucoup. Tu as mangé ?

— Oui. Ne t'inquiète pas pour moi, je vais bien.

— Nous allons passer d'ici à une heure, ma chérie.

— Euh... Ce n'est pas la peine, rétorqua-t-elle, soudain alarmée.

L'arrivée de ses parents pourrait briser la magie de cette journée avec Sam. Curieusement, cette perspective la plongeait dans un profond abattement.

— J'allais me recoucher, de toute façon.

— Tu es sûre ?

— Ne te dérange pas. J'étais un peu paniquée quand je t'ai appelée ce matin, mais je t'assure que je me sens déjà mieux.

— Nous passerons demain, alors. Si tu as besoin de quelque chose, préviens-moi.

— Tout ira bien, ne t'inquiète pas. A demain.

— Je t'embrasse, ma chérie. Soigne-toi bien.

Un instant plus tard, Natalie s'apprêtait à retourner au lit quand la sonnette de la porte d'entrée retentit. Sam aurait-il oublié qu'il avait sa clé ? Elle enfila son peignoir bleu et alla ouvrir.

La première chose qu'elle vit fut un énorme bouquet de roses rouges.

L'émotion la submergea. Rêvait-elle ? Sam lui avait acheté des roses... rouges ?

Elle scruta l'obscurité du couloir, à la recherche de la longue silhouette familière, et aperçut... Johnny.

— Hello, mon cœur ! clama-t-il d'une voix chaleureuse. On m'a dit que tu étais malade, alors je suis venu te rendre une petite visite, t'apporter ça...

Il lui tendit le bouquet.

— Et ça, ajouta-t-il en levant son autre main qui tenait un petit panier joliment décoré et garni de cerises vermeilles.

Natalie réprima une pointe de déception.

— Quelles belles roses ! s'exclama-t-elle avec un sourire contraint. C'est trop gentil de ta part, Johnny. Il ne fallait pas. Veux-tu entrer ?

— Tu n'es pas contagieuse ? s'enquit-il, un peu hésitant. Qu'as-tu exactement ? Susie, la fille de la réception, n'a pas su me le dire.

— Les oreillons.

Il la considéra un instant, surpris, puis éclata de rire.

— Je ne savais pas que les adultes pouvaient attraper ça !

— Eh bien si ! Tu les as eus quand tu étais petit ? Sinon, il vaut mieux que tu ne restes pas. C'est très contagieux.

— Oh, j'ai tout attrapé quand j'étais gosse ! affirmat-il en pénétrant dans le studio.

Du regard, il parcourut la pièce qui donnait sur la kitchenette et la salle de bains. Lors de sa dernière visite, il était resté sur le seuil de la porte et n'avait pas eu l'occasion d'examiner l'intérieur du studio.

— Dis-moi, c'est super, ici.

— Ce n'est pas très grand, mais la vue sur la mer est magnifique, admit Natalie en cherchant un vase pour les fleurs.

Elle le remplit d'eau, coupa légèrement les tiges des roses avant de les disposer une par une dans le vase qu'elle déposa sur sa table de chevet.

— Comme ça, je pourrai les regarder du fond de mon lit. Cela me remontera le moral. Merci encore, Johnny. Veux-tu un café ? proposa-t-elle, malgré sa fatigue.

— Je ne peux pas rester, répondit-il en consultant sa montre. Je venais juste te dire un petit bonjour avant de partir pour Londres. J'ai un rendez-vous.

Il hésita un instant avant de poursuivre, puis la regarda d'un air gêné.

— Tu m'as pardonné pour vendredi soir ?

La jeune femme lui sourit avec chaleur. S'il savait

quelles épreuves autrement plus délicates elles avait endurées depuis...

— Bien sûr ! Juste un détail : j'aurais préféré que la photo ne soit pas publiée, car j'ai vraiment l'air d'une sombre idiote sur ce cliché !

— Jamais de la vie. Tu es superbe, comme d'habitude. Tu es toujours superbe, même quand tu as les oreillons, ajouta-t-il en lui prenant la main pour la porter à ses lèvres.

Avec humour, il fit mine de déposer un baiser sur la main de la jeune femme, d'un geste empreint de tendresse. C'est à cet instant précis que la clé tourna dans la serrure.

Sam parut sur le seuil.

7.

Au son de la porte qui s'ouvrait, Johnny pivota sur ses talons, médusé.

— Sam? balbutia-t-il en lâchant aussitôt la main de Natalie.

Son regard stupéfait se porta ensuite vers la jeune femme qu'il fixa d'un air hébété.

— Qu'est-ce que tu fais ici? demanda Sam d'un ton brutal.

Gêné, l'animateur s'expliqua sur un ton dénué de naturel.

— On m'a prévenu à la station que Natalie était malade. Je suis venu lui rendre visite.

— Elle a besoin de repos, les visites la fatiguent, riposta Sam, glacial.

Johnny esquissa une retraite prudente vers la porte.

— J'allais justement prendre congé. Rétablis-toi vite, Natalie. Tu nous manques, à la station.

Etrange, il évitait désormais de croiser le regard de Natalie et paraissait au comble de l'embarras... La jeune femme ne tarda guère à comprendre la raison de ce changement d'attitude. Son employeur était entré sans sonner, avec la clé de son appartement. Nul besoin d'être grand clerc pour en tirer la conclusion qui s'imposait... D'autant que Sam l'avait publiquement demandée en mariage, la semaine précédente.

117

Avec un frisson d'anxiété, elle mesura les consé-
quences de ce malentendu. Dès demain, on murmure-
rait partout que Sam et elle étaient amants. Inutile de
tenter d'expliquer à Johnny pourquoi Sam possédait
aujourd'hui ce maudit trousseau... Les explications
qu'elle bredouillerait d'une voix peu convaincante ne
feraient qu'aggraver la situation. Johnny estimerait
qu'elle essayait de sauver les apparences. Seigneur...
Quelle tragique méprise !

Par bonheur, Johnny n'avait visiblement qu'une
envie : fuir au plus vite. Mais la présence menaçante de
Sam, sur le seuil de la porte, rendait sa retraite pour le
moins difficile. Comment contourner l'homme qui
s'était figé comme une statue et ne paraissait pas
décidé à faire la moindre concession ? Johnny hésitait,
et Natalie le comprenait aisément. Car le moins qu'on
puisse dire, c'est que Sam n'avait pas l'air commode.

— L'émission s'est très bien passée ce matin, Sam,
annonça l'animateur avec un des sourires charmeurs
dont il avait le secret. Il y a eu énormément d'appels
téléphoniques : c'est toujours bon signe, tu sais.

S'il comptait sur ces mots pour apaiser Sam, ce fut
un échec total. Le charme de Johnny, d'ordinaire assez
inefficace sur le sexe masculin, n'eut pas la moindre
emprise sur Sam. Natalie observa la scène avec un sourire tendu, puis décida que Johnny avait besoin d'aide
pour se tirer de cette situation épineuse.

— Pour une fois que je ne suis pas au bureau, je vais
pouvoir écouter ton émission demain matin, déclara-
t-elle d'une voix faussement enjouée.

Le visage de Johnny s'éclaira aussitôt.

— Alors je te dédierai une chanson, mon cœur.
Choisis le morceau que tu veux.

— Oh, choisis toi-même, répondit-elle en évitant de
croiser le regard de Sam.

Nul besoin d'observer sa réaction pour deviner que

Sam était résolument hostile à cette idée... La colère et la tension qui émanaient de sa personne étaient presque palpables.

— D'accord, je choisirai un disque pour toi, acquiesça Johnny. Repose-toi bien ! A bientôt, Natalie. Euh... salut, Sam, ajouta-t-il nerveusement, tandis que son interlocuteur s'effaçait pour le laisser passer.

A peine avait-il franchi le seuil que Sam claqua la porte derrière lui.

— Regardez ce que vous avez fait ! s'écria aussitôt Natalie d'une voix lourde de reproches.

— Ce que j'ai fait ? répéta Sam en s'approchant d'elle, les traits figés par la colère. Et vous ! Qu'est-ce que vous fabriquiez dans mon dos ? Il vous embrassait la main, je l'ai vu ! Vous en étiez aux préliminaires ou aux adieux ?

Bien décidée à affronter sa fureur, Natalie soutint son regard et redressa la tête d'un air hautain.

— Il m'a apporté des fleurs et des cerises — c'est à peu près tout ce qui s'est passé ! C'était vraiment gentil de sa part. Vous ne m'avez pas offert de fleurs, vous !

— Je n'ai pas d'idées bien précises derrière la tête, moi.

Natalie se crispa. Non seulement Sam était odieux, mais il faisait preuve d'une mauvaise foi renversante.

— Qu'allez-vous imaginer ? Il est venu uniquement par gentillesse. Tout le monde n'a pas l'esprit aussi mal tourné que vous.

— Johnny n'est pas le genre d'homme à agir gratuitement. Et il possède un tableau de chasse impressionnant. Sa tactique est imparable, méfiez-vous.

— C'est étrange, cette description vous convient à merveille.

— Moi ? Je suppose que vous plaisantez, Natalie. Contrairement à Linklater, je ne passe pas mon temps à séduire les femmes qui surgissent dans mon champ de vision !

— Il s'agissait sans doute d'une rumeur, alors, rétorqua-t-elle d'un ton volontairement léger.

— Vous écoutez trop les ragots !

— A propos de commérages... Johnny vous a vu entrer dans mon appartement avec la clé. Il en a tiré la conclusion qui s'imposait : vous êtes ici chez vous. Il va passer l'après-midi à répandre la nouvelle... Par conséquent, si vous aviez encore un petit espoir que les gens oublient votre stupide demande en mariage, vous pouvez tirer un trait dessus ! Dans une heure, tout le monde sera persuadé que nous vivons ensemble.

Une expression soucieuse se peignit sur le visage de Sam.

— Zut ! marmonna-t-il. Je n'y avais pas pensé... Pourquoi n'avez-vous pas dit la vérité à Johnny ?

— J'ai estimé que mes explications embrouillées ne feraient qu'empirer la situation. Il ne m'aurait pas crue, de toute façon.

— Exact... Ah, c'est un beau désastre. Et tout est votre faute, en plus !

— Moi ? C'est trop fort !

— Je vous avais demandé de ne pas vous lever. Vous n'auriez jamais dû le laisser entrer chez vous.

Natalie serra les poings, ulcérée. Cet homme n'admettait-il donc jamais ses torts ? C'était incroyable ! Comment sa mère, une femme charmante, avait-elle pu mettre au monde un tyran pareil ?

— Dites plutôt que je n'aurais jamais dû vous prêter ma clé ! D'ailleurs, rendez-la-moi tout de suite.

Tel qu'elle le connaissait, il serait bien capable de garder son trousseau et d'entrer chez elle comme dans un moulin !

Elle tendit la main devant lui. Sourcils froncés, il fouilla dans sa poche pour en sortir la clé, qu'il déposa dans la paume de la jeune femme.

Natalie s'empressa de la placer à l'abri dans son sac.

— Vous avez mes médicaments ? s'enquit-elle d'un ton froid.

Il portait un sac en plastique à la main, et se dirigea vers la cuisine pour y déposer ses achats. Des packs de jus d'orange, des bouteilles d'eau, et un sac en papier qui contenait les cachets.

— Allez vous coucher, grommela-t-il derrière son épaule. Vous n'auriez jamais dû sortir de votre lit. Je vous avais recommandé de faire la sieste !

Epuisée, Natalie mourait d'envie de se réfugier sous l'épaisseur apaisante de sa couette. Mais elle résista. Pour rien au monde, elle n'obéirait à ses ordres. S'il imaginait que les manières de dictateur dont il usait au bureau ou chez lui seraient d'une quelconque efficacité sur elle, il se trompait !

— Je me suis seulement levée pour ouvrir la porte, répliqua-t-elle, narquoise. Il le fallait bien, non ?

— Non ! Vous auriez dû faire comme si vous n'étiez pas là. Et comme ça, Linklater ne m'aurait jamais vu entrer chez vous.

Il sortit du sac en plastique une bouteille d'eau minérale, remplit un verre et prépara les comprimés prescrits par le médecin. Puis il lui tendit le tout.

— Prenez ça, et retournez vous coucher.

— Cessez de hurler, murmura-t-elle, soudain très lasse. J'en ai assez de vos ordres !

Elle obtempéra néanmoins, avala les médicaments, ôta son peignoir et se précipita aussitôt entre ses draps, sous le regard inquisiteur de Sam. Embarrassée, elle remonta la couette sur son cou, gênée à l'idée que le T-shirt qui lui servait de chemise de nuit révélât trop son anatomie.

Le visage fermé, Sam déposa la bouteille d'eau minérale sur la table de chevet.

— Je dois retourner au bureau. Avez-vous besoin d'autre chose ? Vous voulez que j'appelle votre mère pour savoir quand elle va passer ?

— C'est inutile, elle a appelé quand vous étiez sorti.

— Elle va venir?

— Oui, répondit-elle d'un ton évasif.

Ce n'était pas précisément un mensonge, puisque sa mère viendrait le lendemain. Mais si elle lui avouait la vérité, il insisterait pour lui rendre visite ce soir. Et mieux valait éviter une nouvelle confrontation.

— Je pense que je vais m'installer chez mes parents un petit moment. Ce sera plus simple, ajouta-t-elle. Merci pour les médicaments. Et merci pour le déjeuner, c'était délicieux.

— Vous avez l'air fatigué, remarqua-t-il. Essayez de dormir après mon départ.

— Oui. Au revoir, Sam.

Qu'avait-il à la dévisager de la sorte, debout près du lit? Si seulement il pouvait partir... Un désir insidieux s'emparait peu à peu de la jeune femme, une douce chaleur se répandait au creux de son ventre... Seigneur! Il fallait qu'il quitte les lieux au plus vite!

— Donnez-moi des nouvelles, ordonna-t-il sans bouger.

Un instant, elle crut qu'il allait se pencher pour l'embrasser... mais il n'en fit rien. Quand il tourna les talons, elle tenta de se persuader qu'elle était soulagée. Mais pourquoi les larmes perlaient-elles à ses yeux?

— A bientôt, déclara-t-il en lui lançant un dernier regard.

La porte d'entrée se referma sur lui. Le silence enveloppa la pièce qui parut étrangement vide, tout à coup.

Natalie enfouit son visage dans son oreiller et sombra dans un sommeil agité.

Une semaine plus tard, elle entamait sa convalescence, confortablement installée dans la petite chambre que ses parents lui avaient attribuée, au premier étage du cottage. Ici, elle trouvait l'apaisement et la sécurité qui lui avaient manqué ces derniers temps. Depuis six jours déjà, sa mère la dorlotait, son père passait de longs moments à son chevet. Les roses offertes par Johnny répandaient leur parfum délicieux dans la pièce. Par chance, la mère de Natalie avait songé à les apporter, désolée à l'idée de laisser le bouquet se faner dans le studio de sa fille.

Chaque matin, Natalie écoutait l'émission de Johnny. Il ne manquait jamais de lui dédicacer une chanson, et c'était avec un pincement d'émotion qu'elle l'entendait prononcer les mots rituels : « Pour Natalie qui nous manque à tous », ou « A une amie très chère ». La délicatesse de Johnny la touchait profondément, et ces attentions impressionnaient les parents de Natalie, pour le moins intrigués par ces marques d'affection.

En revanche, Sam ne s'était pas manifesté. En vain avait-elle attendu un signe de lui. « Loin des yeux, loin du cœur », songeait-elle, amère. Qui la remplaçait, au bureau ? Une employée de la station, sans doute. Une intérimaire ne saurait posséder l'expérience nécessaire pour traiter les dossiers en cours, et le travail à la radio ne s'improvisait pas. Qui Sam pouvait-il avoir choisi ? Une jolie fille, c'était certain. Connaissant ses goûts, Natalie ne se faisait guère d'illusions sur ce point. Cette remplaçante était-elle sa nouvelle conquête ? Plusieurs fois, la jeune femme fut sur le point d'appeler au bureau pour obtenir quelques renseignements, mais elle résista à cette envie absurde. « Un peu de dignité, tout de même ! », s'exhortait-elle pour ne pas succomber à la tentation de décrocher son téléphone.

Le samedi suivant, le médecin lui accorda enfin l'autorisation de sortir dans le jardin. Le soleil régnait sur un ciel d'un bleu pur, et la jeune femme s'installa à l'ombre, dans une chaise longue. De ce point d'observation, elle apercevait la silhouette un peu voûtée de son père qui travaillait dans le potager, et, quand elle tournait la tête en direction de la maison, elle distinguait sa mère qui s'affairait dans la cuisine.

Une brise légère et fraîche glissait sur ses joues. Elle avait emporté un livre, mais peu à peu ses paupières s'alourdirent, ses membres se détendirent, et elle s'endormit.

Combien de temps demeura-t-elle ainsi, plongée dans un doux sommeil, grisée par un rêve délicieusement érotique ? Un songe dont Sam était le protagoniste... A peine une heure, sans doute. Ce fut un son presque imperceptible qui l'éveilla. Ouvrant les yeux, elle aperçut Mme Erskine qui traversait la pelouse sur la pointe des pieds.

— Oh ! Bonjour ! s'exclama Natalie, surprise.

La mère de Sam esquissa un sourire gêné.

— Je suis désolée de vous avoir éveillée, Natalie. J'essayais de faire le moins de bruit possible... Quel dommage ! Vous dormiez si paisiblement.

A ces mots, Natalie détourna les yeux, rouge de confusion. « Paisible » n'était pas le mot adéquat pour qualifier son rêve !

— Sam m'a appris que vous passiez votre convalescence chez vos parents. Vous avez bien raison. C'est tellement plus agréable que de demeurer seule dans votre petit studio.

La vieille dame prit place sur le siège que la mère de Natalie avait abandonné, près de la chaise longue de sa fille, puis scruta le parc environnant.

— Que c'est beau ! Vous avez un jardin superbe.

— C'est mon père qui s'en occupe. Mais vous aussi, vous avez un parc magnifique. J'ai passé un samedi très agréable en votre compagnie.

— Moi aussi ! Alors, comment vous sentez-vous ? J'étais tellement désolée d'apprendre que vous aviez contracté les oreillons. Vous étiez sans doute en période d'incubation, le jour où vous êtes venue à la maison. Travailler tout l'après-midi en pleine chaleur n'a pas dû arranger les choses.

— J'ai d'abord pensé que j'avais une bonne grippe, mais le médecin m'a vite détrompée. Par chance, la maladie n'a pas été trop violente. Je pense reprendre le travail la semaine prochaine.

— Ne vous pressez pas trop ! Vous retournerez à la radio quand vous serez définitivement guérie.

— Sam ne partagera sûrement pas votre avis.

Elle espéra secrètement que Mme Erskine lui révélerait quelques informations sur la situation au bureau... et sur son éventuelle remplaçante. Mais son interlocutrice s'exclama avec un rire espiègle et complice :

— Sam ! Mais, ma chérie, Sam n'a pas son mot à dire là-dessus !

Elle se pencha pour ouvrir un grand sac de toile, d'où elle sortit deux livres de poche.

— Tenez : c'est un petit cadeau pour vous ! J'ai cru comprendre que vous aimiez les romans policiers. J'espère que vous n'avez pas lu ces deux-là. J'ai choisi les derniers parus, exprès.

Natalie examina les titres et les couvertures, puis déclara avec un sourire :

— Non, je ne les connais pas. Merci, c'est vraiment gentil de votre part.

Elle parcourut la quatrième de couverture de chaque roman, puis les déposa sur l'herbe.

— Alors, comment va Sam ? s'enquit-elle enfin.

— Je suppose qu'il va bien, mais je n'en ai aucune idée, à vrai dire. Je ne l'ai pas vu de la semaine. Je lui ai téléphoné, mais il paraissait occupé et distrait.

Distrait par qui ? Natalie sentit sa gorge se nouer.

— Il ne voulait pas que je vous rende visite ; il prétendait que vous n'auriez pas la force de soutenir une conversation. Alors je suis juste passée déposer les livres, mais votre mère m'a gentiment accueillie et m'a affirmé que vous seriez ravie de me voir. Il paraît que vous commencez à vous ennuyer ?

— Oui. Je ne supporte plus de rester allongée toute la journée.

— C'est bon signe.

A ce moment, Mme Craig arriva avec un plateau, qu'elle déposa sur une petite table en fer forgé, à côté de Natalie.

— Elle va beaucoup mieux, vous savez, annonça-t-elle à l'intention de Mme Erskine. Elle ne tient plus en place. Quand elle était petite, c'était exactement le même scénario ! Un jour, elle était à l'article de la mort, et le lendemain, il fallait la barricader dans sa chambre pour qu'elle reste tranquille.

— Sam était pire, assura Mme Erskine d'une voix attendrie. Il détestait demeurer cloîtré à la maison, et le moindre rhume le rendait fou. Dieu merci, je n'ai eu qu'un fils ! Mes deux filles étaient beaucoup plus faciles que lui.

— Avez-vous des petits-enfants ? Mon autre fille, Bethany, a un petit garçon de deux ans. Un vrai petit diable, lui aussi.

— Quelle chance vous avez... Malheureusement, je n'ai pas encore ce bonheur. Si vous saviez comme j'ai hâte d'être grand-mère !

Mme Erskine soupira, et les regards des deux femmes convergèrent en direction de Natalie — exactement en même temps, comme si elles avaient synchronisé leurs pensées.

Rose de confusion, la jeune femme détourna les yeux. Qu'avaient-elles à la dévisager de la sorte ? En quoi était-elle concernée par les futurs petits-enfants de Mme Erskine ?

Afin de se donner une contenance, elle s'empara de

la tasse de café que sa mère lui avait servi, et savoura le liquide chaud à petites gorgées. Perdue dans ses pensées, elle cessa peu à peu d'écouter la conversation. Une foule d'images l'assaillait. Elle ne pouvait s'empêcher d'imaginer Sam en petit garçon espiègle, puis sa rêverie prit un autre cours... Sam adulte. Un homme sûr de lui et autoritaire. Sam donnant ses ordres d'un ton péremptoire, riant, se moquant d'elle, l'embrassant, la caressant avec désir... Mon Dieu ! Où ses pensées s'égaraient-elles ? songea-t-elle avec effroi. Décidément, la convalescence ne l'avait pas guérie de certaines blessures...

Son prénom, énoncé par la voix ferme de Mme Erskine, l'arracha à sa rêverie.

— Vous êtes sûre que ça va ? s'enquit la mère de Sam. Vous n'avez pas l'air en forme.

— Tout va bien, merci, murmura-t-elle, confuse.

— Mme Erskine nous quitte, ma chérie, déclara Mme Craig sur un ton de reproche.

La mère de Sam se pencha pour déposer un baiser sur la joue de la jeune femme.

— Je suis heureuse que vous alliez mieux, Natalie. Mais je vous en prie, ne reprenez pas le travail trop tôt. Sam a trouvé quelqu'un pour vous remplacer. Une personne tout à fait compétente.

— Qui ? demanda-t-elle, sur un ton neutre.

— Ellen quelque chose, je crois. Ou Helen ? Je ne sais plus. De toute façon, il m'a assuré qu'il n'avait pas besoin de vous. Ne vous inquiétez pas pour le travail.

Sam n'avait pas besoin d'elle... Soit. Natalie accueillit la nouvelle avec un sourire. Un sourire de pure façade, pour garder une contenance... Mais qui était cette Ellen ? Personne à la radio ne portait ce prénom. Helen West ne se serait tout de même pas reconvertie dans le secrétariat ?

Quelle idée ridicule ! Irritée par le tour que prenaient

ses pensées, Natalie résolut d'abandonner la question. Sam pouvait se passer d'elle. Tant mieux pour lui... et tant pis pour elle.

— Merci d'être venue, cela m'a fait plaisir, déclara-t-elle à Mme Erskine, que sa mère raccompagna jusqu'au portail.

Les deux femmes bavardèrent encore un moment avant de se séparer. En les observant de loin, Natalie ne put s'empêcher de constater qu'elles s'entendaient à merveille... Que penserait Sam de cette étrange amitié?

Après le déjeuner, M. et Mme Craig se rendirent en ville. Accablée par la chaleur du début d'après-midi, Natalie installa sa chaise longue à l'ombre des arbres, au fond du jardin. Elle contempla, rêveuse, le mouvement des branches et les jeux de lumière dans les feuilles. Peu à peu, ses paupières s'alourdirent.

Elle dormait presque quand elle perçut un écho de pas rapides dans le jardin, sur le gravier de l'allée. Avec nonchalance, elle tourna la tête... L'instant d'après, elle ne somnolait plus du tout.

La surprise lui coupa le souffle.

Sam était là, plus séduisant que jamais dans un jean et un T-shirt bleu marine qui révélait sa silhouette musclée. Ses cheveux de jais étaient plus ébouriffés qu'à l'ordinaire, et son regard gris paraissait plus clair, presque bleuté.

Un détail, en revanche, ne changeait pas : comme d'habitude, il paraissait furieux. Quelle mouche l'a encore piqué? se demanda-t-elle avec un frisson d'appréhension en scrutant ses traits déformés par la colère.

— J'ai reçu un coup de téléphone de ma mère, déclara-t-il sans préambule. Qui lui a raconté que nous vivions ensemble, vous et moi?

Natalie sentit ses joues s'empourprer.

— Je... Je ne sais pas.

Le visage de Sam se crispa.

— Vraiment ? Vous ne voyez pas qui aurait proféré un mensonge pareil ?

8

Qui vous a permis d'entrer? demanda-t-elle d'un ton froid, en désignant la maison apparemment déserte. Mes parents?

— Non. J'ai sonné, personne n'a répondu. Alors je suis entré sans être invité. Mais n'essayez pas de changer de sujet! Pourquoi avez-vous annoncé à ma mère que vous vivons ensemble?

— Je n'ai rien déclaré de tel! Vous avez dû mal comprendre. Elle est venue me voir ce matin, mais nous n'avons absolument pas évoqué ce sujet.

— Je sais qu'elle vous a rendu visite, elle me l'a dit, riposta Sam d'un ton acide.

Son expression se fit soudain plus soucieuse.

— Elle prétend que vous n'êtes pas encore tout à fait remise.

Ces mots furent accompagnés d'un lent examen de la jeune femme, qui tressaillit sous son regard inquisiteur. Les yeux assombris de son visiteur survolèrent la silhouette menue, des épaules nues aux chevilles fines, en s'attardant sur la poitrine, les hanches et les cuisses qu'un short de toile beige ne dissimulait guère. Une inspection bien trop attentive pour Natalie qui se sentit soudain très, très vulnérable...

— Vous avez perdu du poids, observa-t-il enfin. Je suppose que vous ne mangez rien.

131

Quelle dureté dans sa voix ! Natalie le dévisagea sans comprendre. Pourquoi se mettrait-il en colère parce que l'appétit lui manquait ? Son état de santé lui importait peu.

— Je pensais que votre mère s'occuperait de vous, ici ! Elle devrait vous obliger à vous nourrir correctement.

— Je n'ai pas faim, en ce moment, riposta-t-elle d'un ton abrupt.

Une sourde irritation la gagnait. De quel droit tenait-il ces propos autoritaires et réprobateurs ?

— Maman est adorable avec moi, précisa-t-elle. Depuis mon arrivée, elle passe un temps fou à préparer mes plats préférés, et c'est une cuisinière hors pair. Ce n'est tout de même pas sa faute si je n'ai pas faim !

Sam la considéra un instant, l'air songeur.

— Que se passe-t-il, Natalie ? Seriez-vous amoureuse ? C'est Linklater qui vous met dans un état pareil ?

— J'ai maigri parce que je suis malade. Un point, c'est tout, rétorqua-t-elle, excédée. Il n'y a rien entre Johnny et moi : combien de fois faudra-t-il que je vous le répète ?

Bien déterminée à soutenir le regard de son employeur, elle redressa la tête. Surtout, ne pas céder au trouble sournois qui s'emparait d'elle ! En aucun cas Sam ne devait deviner qu'il était l'unique objet de ses pensées depuis ce lundi fatidique où il l'avait embrassée...

— S'il n'y a rien entre vous, pourquoi Linklater vous adresse-t-il des dédicaces à tout bout de champ ? insista-t-il. J'ai écouté son émission toute la semaine, figurez-vous ! D'ailleurs, même si je ne l'avais pas écoutée, j'aurais eu du mal à ignorer les rumeurs dans la station. Tout le monde ne parle plus que de ses petits messages : « A une amie très chère »... Bon sang, que va-t-il inventer la prochaine fois ?

Natalie cilla, intriguée. Ainsi il avait prêté une oreille attentive à l'émission de Johnny. D'ordinaire, il ne prenait guère le temps d'écouter les programmes qui connaissaient un succès assuré. Mais dernièrement, son hostilité envers l'animateur vedette de la station n'avait cessé de se manifester. Aurait-il l'intention de licencier Johnny? Les taux d'audience avaient un peu baissé, le mois dernier, mais en période estivale, cette chute relative était normale.

— Johnny dédicace au moins trois chansons par jour à des infirmières de l'hôpital, ou à des personnes âgées, rétorqua-t-elle. Et personne ne raconte qu'il a une aventure avec ces dames!

— Il ne les connaît pas personnellement, elles! Et il ne leur offre pas de gros bouquets de roses. Rouges, en plus! Il vous en a apporté d'autres? Je suppose qu'il vous a rendu visite ici?

— Non! Dans quelle langue dois-je m'exprimer pour me faire comprendre? Je ne suis pas la petite amie de Johnny!

— Heureusement pour vous... L'idée du mariage lui fait horreur.

— Elle fait peur à beaucoup d'hommes, en ce moment, murmura Natalie.

Sam le premier... Ne clamait-il pas haut et fort la répugnance qu'il éprouvait pour cette institution? C'était d'ailleurs la raison pour laquelle Natalie ne l'avait pas pris au sérieux, le jour de l'anniversaire de Johnny — et ce qui l'avait poussée à lui jouer un bon tour le lendemain, en lui faisant croire qu'ils étaient réellement fiancés...

— C'est un rite désuet et absurde, asséna-t-il avec cynisme. Les femmes réclament l'égalité à tout prix, mais dès qu'il s'agit de pension alimentaire, elles ne partagent plus du tout le même point de vue.

— Vous brossez un tableau un peu exagéré, non?

— Pas tant que ça! J'ai un ami qui s'est séparé de sa femme. Il habite un appartement minuscule dans une ban-

lieue minable, tandis que sa femme et ses enfants se pré-
lassent dans la somptueuse résidence qu'il avait achetée.
Il lui reverse pratiquement l'intégralité de son salaire
mensuel, et elle dépense plus en un jour que lui en un
mois !

— Il me serait difficile de juger vos amis, que je ne
connais pas. Mais à mon avis, il s'agit d'une exception.
Pensez au nombre de femmes abandonnées par leur mari,
qui doivent reprendre un travail et gagner un salaire misé-
rable pour élever leurs enfants... Je suis prête à parier que
ces victimes du divorce sont plus nombreuses que celles
qui s'enrichissent grâce à leur séparation !

— Peut-être... mais pour moi, le mariage est une inep-
tie ! répéta-t-il en haussant les épaules.

Elle l'observa avec attention. Pourquoi éprouvait-il une
telle répulsion ? C'était étrange...

— Vous ne désirez pas avoir des enfants ? demanda-
t-elle.

Le visage de Sam s'assombrit.

— Un jour, peut-être. Mais quand on sait qu'un
mariage sur trois se termine par un divorce... Pour les
enfants, c'est un enfer.

— Pourtant... deux mariages sur trois sont réussis,
non ?

Pour un homme doué d'une logique solide, son rai-
sonnement se révélait pour le moins étonnant. Manifestement, sa belle objectivité se trouvait sérieusement émous-
sée dès qu'on abordait la question du mariage.

— Cette vision des choses ne m'étonne pas, venant de
vous ! répliqua-t-il avec amertume. Mais, ma chère, vous
êtes très habile pour changer de sujet... Nous parlions de
Linklater ! Et de ma mère. Pourquoi est-elle soudain persuadée que je suis l'homme de votre vie ?

Natalie tressaillit, troublée. Sam avait une façon si
abrupte de présenter les choses !

— Si vous ne vous étiez pas soûlé à cette soirée...,

riposta-t-elle avec toute la fermeté dont elle était encore capable.

— Je sais ! Je ne suis pas près d'oublier cet épisode, affirma-t-il avec amertume. Sans doute cette scène navrante a-t-elle pu lui faire soupçonner qu'il y avait quelque chose entre nous, mais de là à prétendre que nous vivons ensemble... Ce n'est pas moi qui lui ai glissé cette idée absurde dans la tête !

« Cette idée absurde »... Natalie détourna les yeux. Surtout, ne pas trop s'attacher au sens des mots, résolut-elle en s'efforçant d'ignorer le pincement de tristesse qui lui serrait le cœur.

— Natalie, c'est vous, je le sais, poursuivit-il. Ce midi, à peine était-elle rentrée chez elle qu'elle décrochait son téléphone pour me harceler au sujet de notre prétendue vie commune.

Sourcils froncés, il laissa son regard errer sur le jardin et le cottage, avant de reprendre :

— A moins que ce soient vos parents ? Où sont-ils, au fait ?

— Ils sont partis faire des courses. Et je vous assure que jamais ils ne feraient circuler une rumeur de ce genre.

Elle s'interrompit un instant, en imaginant la réaction pour le moins offensée de ses parents.

— Ils sont plutôt vieux jeu. Et la nouvelle ne les réjouirait pas particulièrement.

— Je vois ! s'écria-t-il d'un ton coupant. C'est très flatteur pour moi !

Pourquoi cette hargne dans sa voix, tout à coup ? Natalie l'observa, étonnée.

— Pourquoi n'avez-vous pas demandé à votre mère d'où elle tenait cette information ? Ce serait beaucoup plus simple.

— Je lui ai posé la question, évidemment. Mais elle a refusé de répondre. C'est pourquoi je suis persuadé que c'est vous. Sinon, elle n'aurait pas hésité à citer ses sources !

— Que nous sommes bêtes ! C'est Johnny, évidemment ! s'exclama-t-elle, soudain certaine de détenir la solution de l'énigme.

Sam lui décocha un regard surpris... et mécontent.

— Johnny ?

— Rappelez-vous, la semaine dernière... dans mon appartement.

— Je me souviens, coupa-t-il. Mais je ne vois pas comment ma mère a pu entrer en contact avec lui. Johnny se trouve à Londres depuis deux jours.

— Votre mère a pu l'apprendre de n'importe qui d'autre, à la station. Johnny n'a jamais su garder un secret.

— De mieux en mieux ! s'emporta-t-il. Bientôt on parlera de nous dans les journaux. Bravo, Natalie, vous avez fait du beau travail !

Révulsée, la jeune femme serra les poings. Comment osait-il l'accuser de la sorte ? Mais déjà Sam reprenait la parole d'un ton rageur :

— Maintenant, à vous de réparer les pots cassés ! Et je vous préviens, nous ne vivrons jamais ensemble, ma belle — mariés ou non ! Je vois clair dans votre jeu. Chantage ou pas, je ne céderai jamais. Alors vous n'avez plus qu'à prendre votre téléphone pour expliquer à ma mère que nous n'habitons pas sous le même toit !

De quel droit lançait-il ces insinuations grossières ? Il la traitait comme une vulgaire intrigante. Ulcérée, Natalie se leva d'un bond.

— Ecoutez-moi bien, espèce de... de...

Elle s'interrompit, trop bouleversée pour prononcer les insultes qui se pressaient sur ses lèvres.

— Je n'ai rien dit à votre mère ! hurla-t-elle, indignée.

— Peu importe ! Je vous laisse le soin de réparer les dégâts. Vous allez l'appeler et mettre les points sur les i, c'est bien compris ?

— Je ne suis pas sourde ! Et je vais lui téléphoner,

comptez sur moi ! Personne, je dis bien personne, ne doit se figurer que j'ai une liaison avec vous. Plutôt mourir !

Elle regretta aussitôt ses mots, choquée par l'éclat vengeur qui étincelait dans les yeux de Sam. Hébétée, elle le vit s'approcher, et pressentit vaguement ses intentions... Trop tard. Déjà, les lèvres de Sam capturaient les siennes avec ardeur, déjà, ses bras puissants enlaçaient sa taille fine — déjà, un désir intense la submergeait... C'était inouï. Comment pouvait-elle éprouver un tel trouble, après ces hostilités éprouvantes ? Au mépris de toute raison, son corps entier la trahissait. Le ressentiment, l'indignation, la peur s'évanouissaient, cédant place à un appétit charnel qu'elle ne se connaissait pas. Toute pudeur envolée, elle noua les mains derrière la nuque de l'homme qu'elle aimait plus que tout au monde, avide de répondre à la demande passionnée de ses lèvres.

Les mains de Sam explorèrent lentement la peau satinée de son dos, de son ventre, et effleurèrent ses seins en une caresse délicieuse. Natalie se pressa contre lui, puis s'enhardit à passer la main sous le T-shirt de Sam, à découvrir le dessin ferme de ses muscles. Un gémissement lui échappa, tandis qu'il libérait ses lèvres et déposait une pluie de baisers dans son cou, sur ses épaules et sa gorge nues. Un instant, il s'écarta d'elle pour la contempler ; elle ferma les yeux afin de ne pas lui révéler la passion qui l'enflammait.

Elle ne les rouvrit pas lorsqu'elle sentit son débardeur glisser sous les mains expertes de Sam. Rejetant la tête en arrière, elle l'incita à prendre ce qu'elle lui offrait. Alors, les lèvres affolantes de son compagnon tracèrent un sillon brûlant sur son cou et sa poitrine, avant de se refermer sur la pointe d'un sein. Natalie réprima un cri. Tout son être réclamait le corps ferme, si masculin, de Sam. Tout en elle lui criait de s'abandonner à ses caresses... A l'abri derrière les arbres qui les isolaient du reste du monde, elle n'avait plus qu'un souhait : se donner à lui.

— Sam..., souffla-t-elle d'une voix qu'elle ne reconnut pas.

— Tu me désires, déclara-t-il en poursuivant sa délicieuse exploration. Reconnais-le, Natalie. Dis-moi que tu me désires.

De nouveau, elle murmura son nom, puis se lova contre lui. A quoi bon lui avouer ce que son corps révélait ?

Tout occupée à rendre baiser pour baiser, caresse pour caresse, à peine entendit-elle le son d'un moteur qui résonnait dans l'allée. Des bruits de pas, le grincement de la grille du jardin... Le retour à la réalité se révéla cruel.

— Bon sang..., murmura Sam, comme s'il s'éveillait d'un rêve.

— Mes parents ! marmonna-t-elle, incrédule.

Sam réprima un juron, et la repoussa avec une violence inattendue. Désorientée, elle faillit perdre l'équilibre. Passant une main sur son front brûlant, elle fixa son compagnon d'un air médusé. Une porte claqua dans la maison. Le bruit des pas de ses parents s'éleva dans la cuisine, ainsi que le bruissement des sacs chargés de provisions.

— Je file par la porte du jardin, chuchota Sam en évitant le regard de la jeune femme qui ajustait son débardeur. Le moment est mal choisi pour faire les présentations.

Il se tut une seconde, puis ajouta sèchement :

— Appelez ma mère, et dites-lui la vérité. Nous ne vivons pas ensemble et il n'est pas question de mariage entre nous. Compris ?

Muette de stupéfaction, Natalie le vit tourner les talons, puis se faufiler entre les arbres vers le fond du jardin. Un moment plus tard, le vrombissement d'un moteur retentit dans la rue.

Epuisée, elle se laissa tomber sur la chaise longue. Comme elle se détestait à cet instant ! Comment avait-elle

138

pu s'offrir à Sam sans résistance ? Tout s'était déroulé si vite... Un instant, elle hurlait sa haine contre lui, et l'instant suivant, elle fondait de plaisir dans ses bras. Non seulement elle n'avait pas émis la moindre protestation, mais elle avait répondu avec fièvre à ses baisers enivrants, à ses caresses affolantes.

Inutile de le nier : son corps l'avait trahie. Sam savait désormais qu'il la tenait à sa merci. Si elle ne prenait pas très vite ses distances, il lui briserait le cœur.

Plus tard dans l'après-midi, la mort dans l'âme, Natalie se décida à téléphoner à Mme Erskine. Après les échanges de politesse, elle entra dans le vif du sujet.

— Sam m'a dit que vous avez l'impression que nous...

Elle s'interrompit, confuse. Comment présenter les choses ? Tout à coup, elle n'en avait plus la moindre idée.

— Que vous vivez ensemble ? demanda Mme Erskine, d'une voix tout à fait naturelle. Oui, c'est une rumeur qui circule. Mais Sam m'a assuré que ce n'est pas vrai. Je suppose qu'il vous a demandé de m'appeler pour rétablir la vérité ?

— Euh... oui. Vous savez, ce bruit est totalement faux. Je ne sais pas qui vous a raconté ça, mais...

— Helen West.

Ce nom suffit à effacer légèrement l'abattement de la jeune femme et à ranimer sa colère.

— J'aurais dû m'en douter !

— Elle ne se remet pas de sa rupture d'avec Sam. Pour ma part, je dois dire que j'étais plutôt soulagée qu'il se décide enfin à se séparer d'elle. Je ne l'ai jamais aimée. C'est une arriviste, et ses manières vulgaires ne m'ont jamais plu.

Ces paroles offrirent un peu de réconfort à la jeune femme.

— Je l'ai rencontrée l'autre jour, en revenant de chez

vous, poursuivit la mère de Sam. Je n'étais pas particulièrement enchantée de croiser son chemin. Mais je ne pouvais décemment pas l'ignorer. Je l'ai saluée, et elle a profité de l'occasion pour débiter un flot d'horreurs sur votre compte... Elle s'attendait sans doute à ce que je partage son opinion, mais je lui ai juste répondu : « Oui, et alors ? », et j'ai pris congé.

— Que vous a-t-elle raconté ?

— Oh, je... je ne me souviens plus.

— Inutile de me ménager, madame Erskine : je ne le prendrai pas mal...

— C'est étrange, vous êtes sa cible principale. Je me demande pourquoi elle vous en veut tellement.

— Qu'a-t-elle dit ?

— Eh bien... Elle prétend que vous essayez de séduire Sam depuis votre arrivée à la radio, que vous êtes une petite ambitieuse sans scrupules, prête à tout pour vous faire épouser par un homme riche et influent.

— Comment ? Mais je ne suis pas une intrigante !

— Bien sûr, Natalie. Jamais vous ne pourriez vous livrer à de tels calculs. Et connaissant mon fils, il aurait pris ses jambes à son cou ! Cette Helen West est une vraie peste. J'étais mortifiée qu'il entretienne une liaison avec cette chanteuse. Dieu merci, il ne s'est pas obstiné dans sa bêtise...

Natalie s'abstint de tout commentaire sur le degré de bon sens de Sam.

— Qu'a-t-elle raconté d'autre ?

— Oh, un chapelet d'horreurs du même acabit, répondit Mme Erskine avec un soupir. Elle est persuadée que vous êtes parvenue à vos fins et que vous avez une aventure avec Sam. Si seulement... ce serait trop beau ! Parfois je ne peux pas m'empêcher d'espérer qu'il y ait un peu de vrai dans tout ça ! Si seulement Sam et vous...

Médusée par ces paroles pour le moins inattendues, Natalie ne put réprimer un rire amusé. L'affection de

140

Mme Erskine la touchait beaucoup — mais ses propos ravivaient ses regrets et rendaient sa situation présente plus douloureuse encore...

— Je n'ose imaginer la réaction de Sam s'il vous entendait ! se récria-t-elle.

— Cela restera entre nous ! Quand vous serez rétablie, il faudra que vous veniez me rendre visite. Nous irons peindre dans le jardin.

— Avec plaisir.

— Ce sera pour très bientôt, j'espère. Je vous embrasse, Natalie. Soignez-vous bien.

— Au revoir, madame Erskine.

La jeune femme reposa l'écouteur à l'instant même où sa mère surgissait dans la pièce, une tasse de chocolat à la main. La curiosité, ainsi qu'une certaine perplexité, se lisaient sur son visage.

— Merci, maman. Mmm... le chocolat a l'air délicieux.

Elle ajouta d'un ton qu'elle voulait naturel :

— J'étais au téléphone avec Mme Erskine. Elle m'a invitée à passer l'après-midi dans sa propriété, un de ces jours, pour peindre en sa compagnie.

Les traits de Mme Craig s'illuminèrent aussitôt.

— C'est très gentil de sa part ! Je disais justement à ton père, ce matin, que nous pourrions l'inviter un soir avec son fils. J'aimerais faire plus ample connaissance avec eux. C'est une femme charmante.

— Un peu plus tard, alors... Je ne suis pas encore tout à fait remise.

— Bien sûr. Nous attendrons, ma chérie.

Natalie baissa les yeux, mortifiée. Sous le ton léger de sa mère perçaient tant de curiosité, d'excitation et d'espoir qu'elle frissonna d'anxiété à l'idée de la décevoir.

Une fois seule, la jeune femme demeura immobile, plongée dans ses pensées moroses. Que faire, désormais ? Il n'était plus question de retourner au bureau, après son entrevue tumultueuse avec Sam. Les instants brûlants qu'ils avaient vécus dans le jardin ensoleillé demeuraient gravés dans sa mémoire comme une blessure douloureuse.

Plus elle y pensait, plus la solution s'imposait à son esprit. Il fallait fuir. Fuir avant que Sam n'ait raison de ses dernières résistances.

Oui, aussi cher qu'il lui en coûtât, la séparation — brutale, définitive — apparaissait comme le seul moyen d'échapper à la folle emprise que cet homme cynique et déroutant possédait sur ses sens. Et sur son cœur.

9.

Natalie se garda bien de faire part de son projet à ses parents. Elle redoutait trop leur réaction. Mieux valait éviter une confrontation et leur révéler son départ, plus tard, par lettre... Sam apprendrait sa démission par le même moyen. Quand il recevrait son courrier, elle serait déjà loin. Une réaction de pure lâcheté, sans doute, mais, dans l'état désespéré où elle se trouvait, elle ne savait où puiser la force d'agir autrement.

Une semaine plus tard, son père la reconduisit à son appartement qu'elle retrouva avec appréhension. Une fois seule, Natalie demeura un moment immobile devant la baie vitrée, éblouie par le soleil qui baignait le studio et illuminait le paysage magnifique qui se déployait sous ses yeux. La mer d'un bleu profond étincelait de mille feux ; les mouettes et les goélands dansaient leur ballet sauvage et ininterrompu, au-dessus des voiliers colorés. Le cœur de la jeune femme se serra. Comment pourrait-elle s'habituer à Londres, à sa pollution, sa circulation infernale et son rythme de vie trépidant ?

Mais avait-elle le choix ? En quelques semaines, un piège inattendu s'était refermé sur elle. Elle aimait Sam — il ne désirait qu'une aventure sans lendemain. Et il connaissait désormais le pouvoir qu'il détenait sur elle...

Avec un soupir, elle se détourna de la fenêtre. Jamais elle ne parviendrait à l'oublier !

Elle ouvrit deux valises sur son lit, et entreprit de trier les vêtements qu'elle emporterait. Cette tâche l'absorbait encore quand la sonnette de la porte retentit. Sous le choc, elle laissa tomber la paire de bottes qu'elle tenait à la main. Pour comble de malchance, ces dernières heurtèrent une chaise déjà surchargée d'habits. Le siège vacilla... puis s'écrasa sur le sol avec bruit.

La jeune femme se figea. Elle n'avait pas l'intention d'ouvrir, mais ses tentatives pour donner l'illusion qu'il n'y avait personne chez elle se trouvaient pour le moins compromises. La sonnette retentit de nouveau avec insistance.

Et soudain, la porte s'ouvrit avec fracas. Pâle de frayeur, Natalie retint son souffle... Sam se tenait sur le seuil, une expression déterminée sur le visage.

— Que faites-vous ici? demanda-t-elle d'un ton froid.

— Je voudrais vous parler.

— Je suis occupée. Ce que vous avez à me dire peut attendre, non? Mon congé maladie n'est pas terminé.

Il ne devait surtout pas franchir le seuil. S'il découvrait dans quel état se trouvait son appartement, il devinerait aussitôt ses projets.

— Non, je ne peux pas attendre, rétorqua-t-il en esquissant un pas.

— Vous n'avez pas le droit d'entrer chez moi de force! Allez-vous-en!

Pour toute réponse, Sam claqua la porte derrière lui. La jeune femme réprima un frisson. Il semblait sur le point d'exploser de rage... Ils se défièrent un instant du regard, en silence.

— Vous attendez peut être de la visite? demanda-t-il d'un ton sec. Linklater doit être impatient de retrouver sa « petite chérie ». A moins qu'il ne soit déjà chez vous? Il se cache sans doute dans la salle de bains?

— Sortez d'ici immédiatement! protesta-t-elle, révoltée par ses remarques déplacées.

— C'est bien ce que je pensais... Méfiez-vous, Natalie, tout le monde jase, au bureau.

Cette fois, elle ne put réprimer la repartie qui lui montait aux lèvres :

— Je ne reviendrai plus au bureau !

Sam se figea, blême. Aussitôt la jeune femme regretta ses mots. Cette pâleur soudaine ne laissait rien présager de bon.

— Vous pouvez répéter ?

— Je démissionne. J'ai... décidé de m'installer à Londres.

Comment soutenir l'éclat acéré de ses yeux ? Elle cilla. Jamais elle ne l'avait vu en proie à une telle fureur. Nerveuse, elle recula de quelques pas, oubliant un point essentiel... Désormais, Sam pouvait apercevoir sa chambre où régnait un profond désordre, ses valises pleines, ses affaires éparses.

Le visage défait de son compagnon lui fit prendre la pleine mesure de son erreur.

— Non..., marmonna-t-il d'une voix à peine audible. Il n'en est pas question. Je... Je ne vous laisserai pas partir.

— Vous n'avez aucun droit sur moi. Et maintenant, sortez, s'il vous plaît. Je ne veux plus vous voir ici.

— Vous êtes sûre de ce que vous dites ? rétorqua-t-il d'un ton plus affermi en franchissant l'espace qui les séparait.

D'instinct, la jeune femme recula. Mais son dos rencontra la paroi rugueuse du mur. Prise au piège, elle retint sa respiration. Comment conserver sa dignité ? La seule riposte acceptable consistait à garder la tête haute et à le défier du regard, d'un air faussement détaché.

— J'en suis sûre et certaine. Je pars tout à l'heure.

— Non, vous ne partirez pas, répéta-t-il.

D'une main, il tenta de l'attirer contre lui. Mais, devinant son geste, elle l'esquiva puis se dirigea à pas pressés vers la porte qu'elle ouvrit en grand, les jambes tremblantes, mais l'esprit déterminé.

— Je m'en vais, Sam, et vous aussi, vous partez d'ici. J'en ai assez, je ne veux plus jamais vous voir.

Immobile, Sam se tenait près du canapé, le dos à la fenêtre. Toute son attitude trahissait la tension et la colère, du torse fixe aux poings serrés le long de son corps. La jeune femme se contraignit à soutenir l'éclat de son regard...

Qui scintilla soudain d'une façon suspecte.

Quel choc à cette vue ! Stupéfaite, Natalie réprima un mouvement de surprise. Aussitôt, elle referma la porte et s'avança pour scruter les prunelles grises de Sam. Incroyable... Des larmes perlaient au bord de ses paupières.

Des larmes ténues, discrètes, certes. Mais de *vraies* larmes.

Médusée, la jeune femme tendit la main vers sa joue. Ce contact le fit tressaillir et d'un mouvement brusque, il lui tourna le dos et se posta devant la baie vitrée. Ses épaules s'étaient affaissées.

Natalie ne put supporter la vision de cette silhouette solitaire, figée par la tristesse. L'être qui lui était le plus cher au monde se tenait devant elle... et il pleurait. Bouleversée, elle se glissa entre la fenêtre et lui. Avec une infinie tendresse, elle noua les bras derrière sa nuque, blottit la tête contre son torse.

— Sam, je t'en prie, ne pleure pas...

Il se raidit, esquissa un geste pour la repousser. Un instant, une vague d'appréhension la submergea. S'était-elle trompée ? Peut-être avait-elle été victime d'une illusion ? Peut-être était-il tout simplement furieux, comme d'habitude !

Les mains de Sam se posèrent sur ses épaules, l'étau de ses doigts se resserra sur sa peau... Elle tressaillit. Sam la rejetait, c'était clair.

Les yeux brouillés de larmes, elle redressa la tête.

— Je m'en vais parce que je t'aime, Sam. Tu ne

146

comprends donc pas ? Je ne supporterais pas de côtoyer tous les jours quelqu'un qui ne partage pas mes sentiments.

— Que dis-tu ? balbutia-t-il d'une voix étranglée.

A quoi bon lui cacher la vérité désormais ? Ne s'était-elle pas livrée à lui ? Il était trop tard pour se dérober. La jeune femme prit une profonde inspiration.

— Je t'aime, Sam.

A ces mots, une expression bouleversée se peignit sur les traits de son compagnon.

— Natalie...

Il l'attira contre lui et la serra avec une force inouïe.

— Oh, Natalie..., répéta-t-il.

Inclinant la joue, il huma le parfum léger de ses cheveux, savoura la chaleur de son corps blotti contre le sien. Un émoi délicieux envahit Natalie, grisée par cette étreinte.

— Si tu savais comme j'ai eu peur ! reprit-il. Quand tu m'as annoncé que tu partais... J'ai cru que je devenais fou ! Je n'aurais pas supporté que tu disparaisses de ma vie.

Elle scruta, de ses yeux brillants de larmes, le regard gris où perçait une infinie tendresse.

— Sam... Dis-moi que tu m'aimes, supplia-t-elle.

Il déposa deux baisers sur ses paupières humides.

— Pas si tu me regardes avec ces yeux-là ! objecta-t-il avec une timidité qu'elle ne lui connaissait pas. Je ne trouve pas mes mots...

Puis, semblant se raviser, il l'enlaça avec fièvre et captura ses lèvres offertes.

— Je t'aime, Natalie, murmura-t-il entre deux baisers.

Ensuite, tout doucement, il s'écarta d'elle, mais leur séparation fut de courte durée. L'instant suivant, il la souleva et la transporta sur le lit. Puis, avec tendresse, il déposa une pluie de baisers sur les lèvres, le cou, la gorge de la jeune femme.

— Natalie, si tu savais comme je t'aime... Je suis fou de toi. Depuis des mois. Je n'en avais pas conscience, avant l'anniversaire de Johnny. Je me contentais de te regarder, j'étais fasciné par tes yeux, tes jambes, ta démarche. J'aurais voulu sortir avec toi, et je t'en voulais parce que tu n'étais pas le genre de fille à céder à la première invitation.

Tout à coup, un doute s'immisça dans l'esprit de la jeune femme. Et s'il confondait amour et désir... Sans deviner l'inquiétude soudaine de Natalie, Sam poursuivit :

— Je t'admirais en silence et je ne me rendais compte de rien. Puis tout a changé quand Johnny t'a invitée à dîner. J'étais fou de jalousie. Je l'aurais tué, et toi aussi ! Au début, je me suis consolé en me disant que ce n'était pas de la jalousie — seulement le dépit d'avoir été doublé par Linklater. Je t'avais crue quand tu m'avais fait comprendre que le sexe ne t'intéressait pas. Et à vrai dire, j'étais plutôt soulagé de savoir que je ne serais pas un simple nom sur une longue liste d'amants. Mais quand je t'ai soupçonnée de sortir avec Linklater, j'en étais malade.

Soudain grave et soucieux, il s'écarta pour scruter les traits de la jeune femme.

— Dis-moi la vérité, Natalie. Que s'est-il passé entre vous ?

— Rien, Sam. C'est un ami, j'ai beaucoup d'affection pour lui, mais il n'y a absolument rien entre nous.

— J'ai souffert le martyre, à vous imaginer tous les deux. C'est alors que j'ai compris la vérité : j'étais vraiment amoureux de toi.

Avec un sourire, Natalie laissa errer ses doigts sur la joue de Sam, en une douce caresse.

— Et moi, qu'ai-je éprouvé, à ton avis, depuis trois ans ? Quand je voyais toutes ces merveilleuses créatures qui se succédaient dans ton bureau... et dans ton lit. Tu crois que je n'étais pas jalouse ?

148

— Mais la plus belle, la plus affolante de toutes, c'était celle qui partageait mon bureau et que je ne pouvais même pas approcher. Je n'ai aimé aucune de ces femmes, murmura Sam en faisant glisser les bretelles de la robe de Natalie.

— Même Helen West ?

— Surtout pas Helen West ! J'ai compris très vite quelles étaient ses intentions. Je lui ai annoncé clairement qu'il n'était pas question de mariage pour moi. Ce fut le début des hostilités ! Je n'en pouvais plus, elle me harcelait constamment. Tu te rappelles l'anniversaire de Johnny ? Elle se pendait à son cou, exprès, pour me rendre jaloux. Je voyais clair dans son petit manège, qui me laissait totalement indifférent. Je me rappelle bien ce que je me suis dit en assistant à son numéro de charme : elle perdait son temps, parce que je n'étais pas du genre jaloux.

— Pourtant, tu m'as invitée à danser, et quelques moments plus tard, tu me demandais en mariage ! Sam, ajouta-t-elle avec un soupir, tu devais bien éprouver un petit pincement de jalousie, sinon tu n'en serais pas venu à une telle extrémité.

Avec un sourire tendre, il fit glisser la robe de la jeune femme sur ses hanches. Son regard s'assombrit comme il découvrait la poitrine nue qui s'offrait à ses caresses expertes. Ses doigts écartèrent la dentelle du soutien-gorge de la jeune femme et sa langue traça un chemin de feu sur les seins ronds et fermes.

— Tu connais le proverbe, mon amour ? « La vérité est dans le vin ». Seul l'alcool m'a donné l'audace de faire ce que je rêvais de faire depuis des mois : te demander de m'épouser. Le comportement d'Helen ce soir-là n'a aucun rapport avec ma conduite. Elle aurait pu coucher avec n'importe qui, je m'en moquais. Mais toi... la seule pensée qu'un autre homme puisse te toucher me rendait fou. C'est étrange... j'ignorais que je pouvais éprouver de la jalousie.

Une vague d'allégresse envahit Natalie. N'avait-il pas prononcé le mot « mariage » ? Soudain un espoir fou s'anima en elle. Sam aurait-il renoncé à ses principes de célibataire endurci ?

— Sam... Je... Je voudrais t'avouer une chose. Tu sais... je suis comme Helen West. Enfin... j'ai le même désir : je voudrais me marier, moi aussi. Enfin, pas tout de suite, bien sûr, mais... Je ne veux pas d'une liaison de quelques mois. Je te veux pour la vie.

Il ouvrit la bouche pour répondre, mais elle posa une main douce sur ses lèvres, pour le faire taire.

— J'ai rencontré des hommes qui s'intéressaient à moi, ces dernières années, mais jamais je ne me suis donnée à aucun d'entre eux. Sans amour, je ne peux pas. Je me détesterais.

Sam déposa un baiser sur sa paume.

— Natalie, je ne serais pas fou de toi si tu étais différente. Moi aussi, je te veux pour toute la vie, mon amour. J'étais résolument hostile au mariage jusqu'au jour où je t'ai embrassée. Alors j'ai compris que je serais prêt à tuer quiconque tenterait de te séparer de moi. Jamais je ne te quitterai. Je veux que tu deviennes ma femme, pour toujours. Dès maintenant...

Avec douceur, il fit glisser la robe de la jeune femme sur ses longues jambes, tandis qu'elle déboutonnait sa chemise avec des mains fiévreuses et impatientes. Puis les lèvres brûlantes de Sam entreprirent d'explorer les moindres creux, les moindres vallons de son corps de femme. Avec un soupir de plaisir, Natalie se laissa guider vers un monde inconnu. Un univers de délices qui la transporta loin, très loin de la réalité...

Quand elle s'éveilla, plus tard, la tête de Sam reposait sur ses seins. Emue aux larmes, elle caressa doucement ses cheveux ébouriffés et laissa son doigt courir sur sa nuque.

Rêvait-elle ? Sam lui appartenait. Prudente, elle hésitait encore à croire à son bonheur. Et pourtant... ! Pourtant, le corps de l'homme qu'elle aimait reposait sur elle, abandonné, offert. Pourtant, chaque jour, chaque nuit, elle pourrait le caresser, le toucher, l'embrasser, le serrer dans ses bras.

A cette pensée, elle resserra son étreinte autour des épaules de Sam, qui remua dans son sommeil, avant de s'éveiller complètement.

— Je t'aime, murmura-t-il.

— Moi aussi, je t'aime, Sam.

Elle baissa les yeux pour croiser son regard. Dans ses yeux gris brillait une sérénité égale à la sienne. Comblée, elle contempla son futur époux. Nulle trace de courroux sur son beau visage, nulle impatience dans ses gestes... Il était un autre homme, désormais.

Un homme avec lequel elle s'apprêtait à embarquer pour le plus long et le plus magnifique des voyages...

Le nouveau visage
de la collection Or

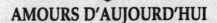

AMOURS D'AUJOURD'HUI

Afin de mieux exprimer sa modernité et de vous séduire encore davantage, votre collection Or a changé de couverture et de nom depuis le 1er mars 1995.

Rassurez-vous, les romans, eux, ne changent pas, et vous pourrez retrouver dans la collection **Amours d'Aujourd'hui** tous vos auteurs préférés.

Comme chaque mois, en effet, vous y attendent des héros d'aujourd'hui, aux prises avec des passions fortes et des situations difficiles...

**COLLECTION
AMOURS D'AUJOURD'HUI :**
Quand l'amour guérit des blessures de la vie...

Chère lectrice,

Vous nous êtes fidèle depuis longtemps?
Vous venez de faire notre connaissance?

C'est pour votre plaisir que nous avons
imaginé un rendez-vous chaque mois
avec vos auteurs préférés, vos
AUTEURS VEDETTE dans les
collections Azur et Horizon.

Les AUTEURS VEDETTE vous
donneront rendez-vous pour de
nouveaux livres vedette.

Pour les reconnaître, cherchez
l'étoile... Elle vous guidera!

Éditions Harlequin

HARLEQUIN

LE FORUM DES LECTEURS ET LECTRICES

CHERS(ES) LECTEURS ET LECTRICES,

VOUS NOUS ETES FIDÈLES DEPUIS LONGTEMPS?

VOUS VENEZ DE FAIRE NOTRE CONNAISSANCE?

SI VOUS AVEZ DES COMMENTAIRES, DES CRITIQUES À
FORMULER, DES SUGGESTIONS À OFFRIR, N'HÉSITEZ
PAS… ÉCRIVEZ-NOUS À:

> LES ENTERPRISES HARLEQUIN LTÉE.
> 498 RUE ODILE
> FABREVILLE, LAVAL, QUÉBEC.
> H7R 5X1

C'EST AVEC VOS PRÉCIEUX COMMENTAIRES QUE NOUS
ALLONS POUVOIR MIEUX VOUS SERVIR.

DE PLUS, SI VOUS DÉSIREZ RECEVOIR UNE OU
PLUSIEURS DE VOS SÉRIES HARLEQUIN PRÉFÉRÉE(S)
À VOTRE DOMICILE, NE TARDEZ PAS À CONTACTER LE
SERVICE D'ABONNEMENT; EN APPELANT AU
(514) 875-4444 (RÉGION DE MONTRÉAL) OU 1-800-667-4444
(EXTÉRIEUR DE MONTRÉAL) OU TÉLÉCOPIEUR
(514) 523-4444 OU COURRIER ELECTRONIQUE:
AQCOURRIER@ABONNEMENT.QC.CA OU EN ÉCRIVANT À:

> ABONNEMENT QUÉBEC
> 525 RUE LOUIS-PASTEUR
> BOUCHERVILLE, QUÉBEC
> J4B 8E7

MERCI, À L'AVANCE, DE VOTRE COOPÉRATION.

BONNE LECTURE.

HARLEQUIN.

VOTRE PASSEPORT POUR LE MONDE DE L'AMOUR.

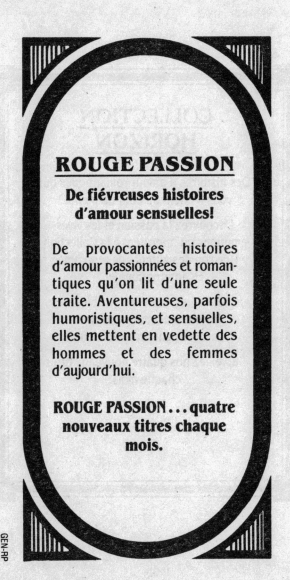

ROUGE PASSION

De fiévreuses histoires d'amour sensuelles!

De provocantes histoires d'amour passionnées et romantiques qu'on lit d'une seule traite. Aventureuses, parfois humoristiques, et sensuelles, elles mettent en vedette des hommes et des femmes d'aujourd'hui.

ROUGE PASSION...quatre nouveaux titres chaque mois.

COLLECTION HORIZON

Des histoires d'amour romantiques qui vous mènent au bout du monde!

Découvrez la passion et les vives émotions qu'apportent à la Collection Horizon des auteurs de renommée internationale!

Captivantes, voire irrésistibles, ces histoires d'amour vous iront assurément droit au coeur.

Surveillez nos quatre nouveaux titres chaque mois!

Composé sur le serveur d'EURONUMÉRIQUE, à MONTROUGE
PAR LES ÉDITIONS HARLEQUIN
Achevé d'imprimer en novembre 1999
sur les presses de l'Imprimerie Bussière
à Saint-Amand-Montrond (Cher)
Dépôt légal : décembre 1999
N° d'imprimeur : 2271 — N° d'éditeur : 7928

Imprimé en France